八男？別鬧了！
5
Y.A
Kadokawa Fantastic Novels

艾爾文
通稱：艾爾
露易絲
伊娜
艾莉絲
威德林
通稱：威爾

薇爾瑪
布蘭塔克
阿姆斯壯

「歡迎你們！」
「鮑麥斯特伯爵大人？
雖然這讓我倍感榮幸，但這到底是怎麼回事？」
我握住將成為自己家臣的年輕人的手，
發自內心歡迎他。
這樣我就暫時不必割草和整地了吧？

5

八男？別鬧了！

Y.A

Kadokawa Fantastic Novels

彩頁、內文插圖／藤ちょこ

CONTENTS

八男？別鬧了！⑤

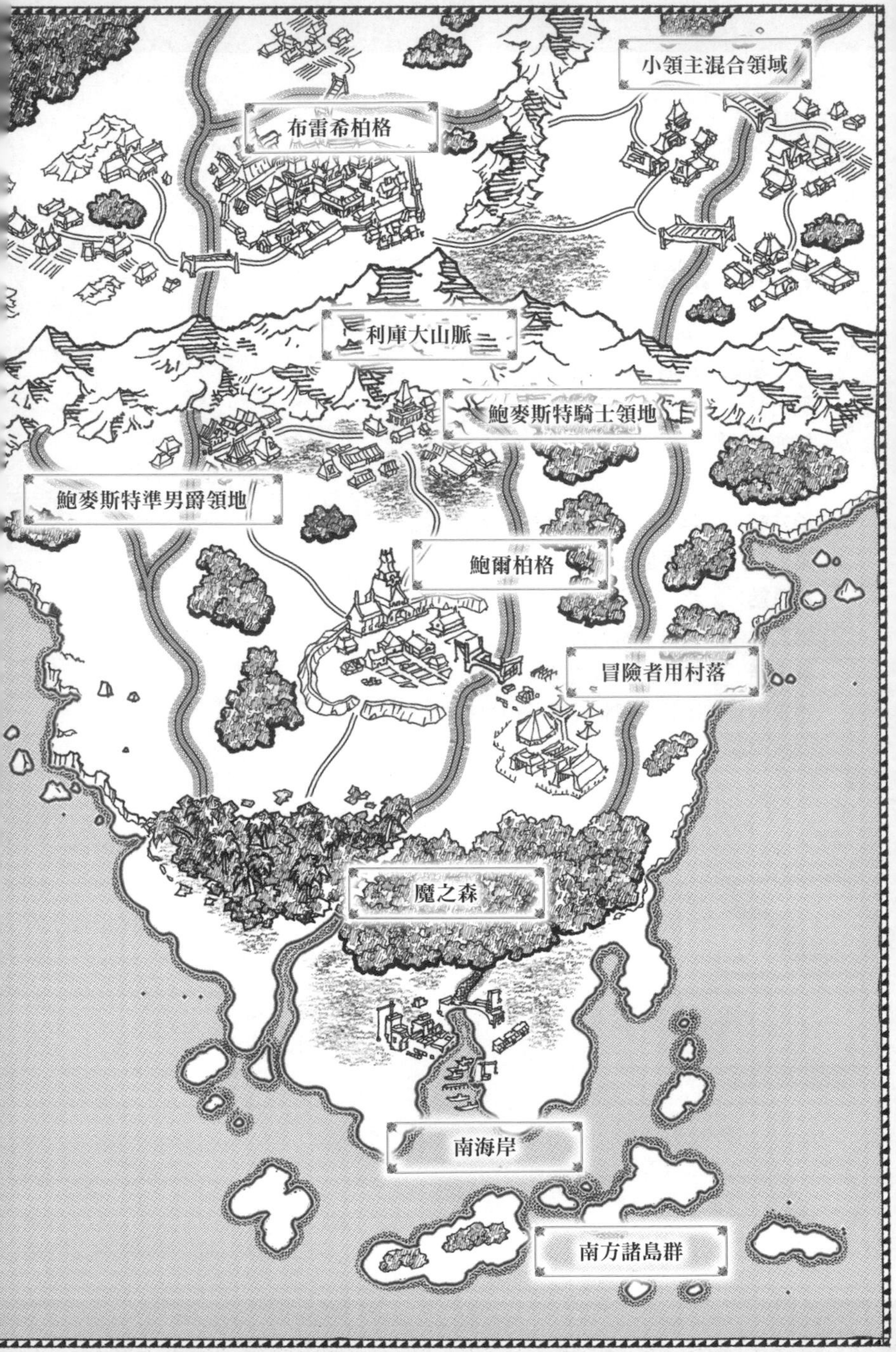
小領主混合領域
布雷希柏格
利庫大山脈
鮑麥斯特騎士領地
鮑麥斯特準男爵領地
鮑爾柏格
冒險者用村落
魔之森
南海岸
南方諸島群

第一話　初次探索魔之森

「喔，真是座奇怪的森林呢。」

「這個葉子尖尖的植物是什麼啊？」

今天我們冒險者隊伍「屠龍者」的領隊威爾不在。

這背後有許多大人的原因，按照威爾的說法，為了將來不要留下禍根，他正在忙著進行將親生哥哥趕下臺的工作。

這樣講或許會讓人覺得威爾是個殘酷的人，但這對貴族來說，並不是什麼稀奇的事情。

只要看過那對盧克納兄弟，應該自然就能了解。

而且那個哥哥的態度也讓我覺得不敢恭維。

不管再怎麼討厭向弟弟低頭，在做不到這點的瞬間，就已經沒資格當貴族了。

因此威爾正在使用魔法，為趕哥哥下臺這件事做準備。

早上送我們到今天預定探索的魔之森入口後，他就馬上回去努力開墾、挖水道、改良土壤或製作肥料，忙得不可開交。

只是這些工作看起來實在不像是為了讓哥哥失勢。

威爾不僅在至今誰也無法開發的未開發地，完美地打造了農村和田地，還以新員工的名義，讓想移民的人開了商店。

這些事似乎讓鮑麥斯特騎士領地的居民們大為驚訝。

雖然我也是聽艾莉絲講的。

「大家都說只要協助威德林大人開發領地，這塊領地將來就有希望了。」

艾莉絲代替鮑麥斯特騎士領地唯一的神官麥斯特大人，在教會工作。好像是因為麥斯特大人的腰不好，現在已經處於無法下床的狀態。

儘管艾莉絲有試著對他使用治癒魔法，但麥斯特大人年紀太大，所以沒什麼效果。他的症狀是有逐漸緩和，再來就只能依靠自然痊癒。

「上了年紀後，治癒魔法的效力就會變弱。真是令人遺憾。」

我想起和威爾一起去探病時，麥斯特大人還笑著說自己活得太老了。

艾莉絲因此臨時成了代理神父，然後教會就變得盛況空前。

領民們當然沒有突然就變得虔誠。

雖然有些人是因為艾莉絲很可愛才順便跑去參觀，但最大的理由還是艾莉絲的治癒魔法。

「艾莉絲大人，這孩子發燒了……」

「我上星期在開墾的時候割到手……」

「我從樹上掉下來骨折……」

因為這個領地沒有醫生，所以無論傷口或疾病都只能靠民間療法來治療，但只要有艾莉絲的治癒魔法，這些都能瞬間痊癒。

似乎所有領民都知道艾莉絲在王都被稱為「霍恩海姆家的聖女」，所以趁她現在人在領地內，大家都接連搶著讓她治療。

艾莉絲人很好，所以不僅來者不拒，甚至還分文不取。

她只收少量的蔬菜，幫餐桌加菜而已。

「不愧是威德林大人的夫人。」

「艾莉絲大人，謝謝您。」

「雖然說是謝禮也不太好意思，但這是今天採的蔬菜。」

大家都把艾莉絲當成女神般崇拜，作為她的未婚夫，威爾的評價也跟著水漲船高。

而那個哥哥當然不樂見這種發展。

因為怕艾莉絲有危險，現在除了微爾瑪以外，還另外增加了其他護衛。

當然若現在對艾莉絲出手，身為領主的威爾的爸爸也會有危險。

大家心裡都在希望能由威爾繼承領主。

「這裡好悶熱啊。」

「畢竟這裡位於大陸南端。」

「還是換薄一點的衣服……可是這樣防禦力會不夠。」

「伊娜，妳該不會是想穿給威爾看……」

「想也知道不可能吧！」

唉，威爾那邊的事情，現在也只能交給他自己處理。

我沒有能解決這種事情的智慧。

雖然不能參加狩獵讓威爾覺得很遺憾，但他本人似乎也滿喜歡土木魔法。

「啊哈哈！田地愈來愈廣了！土壤改良也很順利！」

我覺得他有點太過著迷，但按照伊娜的說法，「男人有時候就是會熱中於一些莫名其妙的東西」。

「喔喔！可惡的巨石，居然妨礙漂亮的正方形田地！我要把你強制排除！」

「老樹的樹根！粉碎它，做成肥料吧！」

雖然我看過他一臉認真地與障礙物對峙，但我有點無法理解。

威爾因此暫時無法充當戰力，所以我們改找布蘭塔克先生協助探索。

儘管在魔力量上不如威爾，但布蘭塔克先生是會使用多種魔法的老練魔法師，所以能放心依靠他。

「嗯……原來如此……」

關鍵的布蘭塔克先生，正在看他自己帶的舊書，一個人喃喃自語。

「那個，布蘭塔克先生。」

「喔，抱歉。」

在伊娜的呼喚下，布蘭塔克先生邊道歉邊將臉轉向這裡。

「那是什麼書？」

「是跟我們家老爺借的書。」

布蘭塔克先生、我和伊娜的主人布雷希洛德藩侯的興趣，是蒐集古書。

包含之前借我們的色情小說在內，他似乎什麼種類都不挑。

總而言之，感覺他就是無比喜愛這類舊又昂貴的書。

雖然這麼說很失禮，但我有點無法理解。

「那是什麼樣的書啊？」

「書名是《圖解魔物．產物大全》。」

那是很久以前的書，內容似乎是以附圖的方式，介紹居住在魔物領域內的魔物和能夠採集的產物。

此外還有介紹魔物的攻擊模式、弱點，以及能食用或當成素材使用的部位。

雖然內容非常詳細，但看起來也是個有問題的書籍。

「這本書還介紹了一些沒人看過的魔物和產物。」

儘管寫得很詳細，但因為都是沒被目擊過的魔物，所以這部分讓這本圖鑑被稱為「半虛構圖鑑」。

「不過有記載這個葉子尖尖的植物呢。好像叫『南方蕨』。」

這個圖鑑也有詳細記載魔物領域特有的昆蟲、魚類和植物，其中一頁就記載了這個尖尖的植物。

「咦？那該不會？」

我們將位於未開發地南端、像是在阻隔海洋的廣闊魔之森分成三個部分來探索，但以前遠征軍進入過的中央部分，和其他魔物領域並沒有什麼差別。

然而今天進入的西部森林，長滿了許多我們至今從未見過的樹木和植物。除了這個南方蕨以外，還層層疊疊地長滿了許多不知名的植物。

「有沒被發現過的魔物吧？」

「既然圖鑑上有記載，或許很久以前有冒險者來過這裡也不一定。」

雖然無法確認，但我認為有這個可能性。

再不然就是除了這裡以外，還有其他地方存在著和這座森林相同的植物與魔物。

「這證明這本圖鑑並非虛構。」

「是啊，不過……」

「不過怎樣？」

面對伊娜的提問，布蘭塔克先生看向某個方向回答：

「這座森林不管什麼都好大！」

「的確……」

不只布蘭塔克先生和伊娜，我們所有人都被長在巨木上的大量黃色新月形水果嚇了一跳。

因為一根就差不多等於我的身高。

「呃——那好像是叫做『香蕉』的果實。」

我和布蘭塔克先生一起閱讀圖鑑，上面以附圖的方式說明一種叫香蕉的水果。

根據記載，那是一種在南方自然生長的植物，會成串長出許多約二十公分大的黃色果實。

「首先光是大小就不對了。」

「真奇怪……」

布蘭塔克先生反覆對照圖鑑，但香蕉的大小明顯有異。

「因為是魔物的領域。所以就當成是這裡的狀況遠比其他土地特殊吧。實際上也真的是如此。」

魔力的來源「瑪那」在魔物領域通常會比較濃厚，這裡更是如此。

根據預備校學到的知識，魔物的體型會變大，也是因為濃厚的瑪那。

「不過大一點比較賺呢。」

「唉，說得也是。」

雖說目的是調查，但這不表示我們不會進行狩獵或採集。

我們開始採集香蕉，當成給威爾的土產。

除此之外，我們還採了全長約一公尺、名為「芒果」的果實，和一種叫「榴槤」的果實。雖然味道很怪，但圖鑑有提到這種水果非常美味。

「這是咖啡的果實嗎？」
「應該是。不過莫名地大呢。」
我們眼前的巨樹，結了許多必須用雙手才拿得起來的大型咖啡果實。
「這麼大，烘焙起來應該很辛苦吧。」
「好像也不是這樣。」
布蘭塔克先生用魔法將咖啡果實的果肉分成兩半，證明用來烘焙的種子部分尺寸和一般的咖啡豆差不多。
看來只有果肉的部分，因為濃厚的瑪那變大。
「我不喜歡喝咖啡，所以覺得果肉多一點比較好。」
艾爾之所以不喝咖啡，與其說是因為昂貴，不如說是因為味道很苦。威爾經常調侃他像個小孩子。不過我也不太喜歡苦的東西。
雖然布雷希洛德藩侯領地的南部也有栽種咖啡樹，但因為數量稀少，所以在咖啡廳的價格比瑪黛茶貴將近十倍。
因為紅茶是用瑪黛茶的茶葉發酵，所以價格頂多貴上一倍。咖啡算是高級品。喜歡的人也很多。
「雖然有點酸，但果實的部分也能吃。」
「喔，我第一次聽說。」
艾爾切了一些咖啡果實給我，雖然有點酸味，但甜甜的非常好吃。

「這也給威爾當土產吧。」
「說得也是。因為那小子喜歡稀奇的食物。」
威爾還住在王都時，也曾對食物發揮堪稱異常的執著。

＊　＊　＊

「這好難吃……」
「這裡可是獲得王室認證的店喔。」
「不管經過誰的認證，難吃的東西就是難吃。」
威爾雖然挑食，但只要是沒看過的食物都一定會先試吃，而且只要喜歡上後，就算必須花大錢也要弄到手。
威爾在王都有幾間中意的餐廳、咖啡廳、點心店、魚店、肉店、穀物店和乾貨行，那些特別給他優惠的店，私下被稱作「屠龍英雄認證店」並廣受好評。
不過因為威爾討厭這種事，所以那些店都沒有特別張揚。
威爾本人只要有空，也會自己做料理。
雖然有時候會有材料切得不好、味道太重或分量過多等問題，但他做的都是一些我們至今從未吃過的獨特料理。

特別受到好評的，應該是「炸雞塊」和「炸蝦」吧。

某天，威爾突然說「我要做料理！」然後就走進了廚房。

儘管這本來就是偶爾會發生的事情，但他那天似乎比平常還要有幹勁。

過去參觀後，我發現他先用魔法讓珠雞肉熟成，再用別的魔法把肉變軟。

如果是專業廚師或家庭主婦，就必須花時間用菜刀切斷肉筋，再拿去泡無花果汁或薑汁，但威爾全都用魔法完成。

坦白講，其實很少人會把魔法用在這種事情上。

再來就是將處理好的肉，醃在之前做好的醬油、砂糖與薑汁調配而成的醃醬裡入味，沾上名叫「太白粉」的粉末後高溫油炸。

除此之外，威爾還說過「麵衣除了太白粉以外，還要混合少量的小麥粉、米飯、蛋和油，並事先冷卻」、「分兩次炸才是正義！」之類的話，但我無法理解威爾為何會拘泥到這種程度。

就連艾莉絲也納悶地說過「威德林大人明明不擅長料理，但不知為何對一些獨特的調理方法非常清楚，真不可思議」。

然後，這個叫「太白粉」的粉末，是威爾某天突然用馬鈴薯當材料自己做出來的粉，艾莉絲在替湯增加黏稠度時也會用。

另外建議教會或診所的人，用熱水泡這個粉摻砂糖和鹽巴給病人喝的也是威爾。

這麼一來，即使是很難吞嚥普通食物的病人，也能攝取營養。

因為實際上真的有效，所以教會付給威爾一大筆錢，獨占了「太白粉」的製造權。

雖然除了捐款以外，教會經商或許會惹某些人不高興，但其實地方有很多分部原本就會自己釀酒來賣，用所得貼補營運資金。

儘管酒給人一種輕率的感覺，但獲利率很高，根據教義，神官只要別公開喝酒就好，所以不會構成問題。

其實很少人會囉唆到這種程度。

教會從威爾那裡問到太白粉的製造方法後，就馬上建造能有效率生產的工房，讓太白房開始在市場上流通。

再來就是讓使用太白粉的料理變得普及。

例如「芋餅」，就是將蒸過的馬鈴薯與太白粉混在一起後，再捏成圓形拿去烤的點心，另外也有將材料換成南瓜的版本。

烤過的芋餅如果沾混合砂糖與醬油的醬汁食用，會變得非常美味。

不過命名的品味和太白粉一樣，感覺有點微妙。

除此之外，還有灑上用炒過的大豆磨成粉做成的「黃豆粉」和砂糖、在芋餅裡面夾起士拿去烤，以及裡面包用紅豆與砂糖煮成的「紅豆餡」的版本。

我還記得用太白粉做的義大利麵不僅口感絕佳，味道也很棒。

至於威爾為什麼要做這種事情，主要好像是因為教會藉此展開了新的慈善活動。

經過教會認定的攤販，將在王都販賣芋餅和義大利麵。

店長和員工都是找家裡失去勞動支柱的寡婦和孤兒，藉此促進他們在經濟上自立。

最後有一件事情當然也不能忘記，那就是透過賣材料給這些攤販，教會其實也有獲益，但關於這點，威爾有事先提醒霍恩海姆樞機主教「如果賺得太過分，來自世間的非難也會增加」。

在經過這一連串的發展後，變得隨時都能便宜買到太白粉，或是去攤販吃芋餅的威爾似乎非常高興。

趁這個機會，他還開發出用小麥粉、蛋汁和把麵包切碎後做成的麵包粉，包住肉或魚拿去油炸的「炸物」。

威爾還特別針對炸物，想了一種用竹籤將一口大小的肉、魚或蔬菜串起來拿去油炸，名叫「串炸」的料理，這次他是去找之前認識的艾戴里歐先生交涉。

「因為之前做美乃滋時你沒找我合作，我還以為你已經忘了我呢。」

「這次的產品製造起來比較麻煩。」

關於這道「串炸」沾的醬汁，威爾也曾做過幾次讓我們試吃。

雖然非常美味，但由於需要用到昂貴的辛香料，因此價格不太親民，不太適合拿來做生意。

「先便宜收購所有材料，再透過工房大量製造。」

威爾另外還把用番茄當材料的「番茄醬」、「塔塔醬」、「羅勒油」、「辣油」、「豆瓣醬」和「辣椒醬」的食譜告訴艾戴里歐先生。

這些都是威爾突然開始製作，命名品味也很神祕的調味料。

「男爵大人對調味料莫名地熟悉呢。」

「不過自己做很麻煩。這時候就輪到艾戴里歐先生登場了。我會去買的。」

「居然是因為這種理由。」

留在王都時，幾乎每天都要和導師修行，威爾只有休息日和每天早晚閒暇時能做料理，所以單純覺得時間很寶貴。他應該也想增加帶我們去約會的時間吧。

雖然我也要陪導師修行，所以一樣很忙。

「那是叫醬油和味噌嗎？那個的製造方法呢？」

「嗯——那個啊……」

威爾將不需要依靠魔法的詳細製作方式告訴艾戴里歐先生。

「需要選擇釀造用的酵母，以及非常嚴密的溫度管理啊……」

就威爾的狀況來說，他似乎是靠魔法硬把材料變成醬油和味噌。

即使如此，他似乎也是累積了相當多失敗的經驗，才做到現在這個程度。

如果想不依靠魔法製作，或許需要做更多次的實驗。

「既然已經知道詳細的作法，我會試著和認識的酒廠合作……」

雖然我也不是很清楚，但在製作酒和醋時，好像必須藉助一種名叫酵母的微生物的力量。

而且只有特定幾種的酵母能夠使用。

如果用其他類似酵母的東西釀造，就不會變成酒，只會平白腐敗浪費材料。

如何判別這種肉眼看不見的微生物，就是各個釀造商的祕方，聽說過去還有人曾為了爭奪祕方而引發流血事件。

按照威爾的說法，「食物的怨恨是很可怕的」。

「不過居然要用那個來選擇酵母啊……」

「這是祕密喔。」

「酵母的事情真的很不妙。就算被拷問，我也絕對不會說出去。」

雖然不知道那個是什麼，但威爾似乎委託艾戴里歐先生研究並製造不用魔法的醬油和味噌。

相對地……

「如果製造成功，我會付獨占製造的權利金。在製造成功前，就先向男爵大人買。」

「我會算你便宜一點，不過材料要自備。」

「你只是嫌自己去買材料很麻煩吧？」

「要大量採購高品質的材料，不是很麻煩嗎？」

威爾之前曾經遇過只有樣品是高級大豆，實際買回來後才發現是劣質品的狀況。

我記得威爾當時非常生氣。只要一扯到食物，他就會變得很恐怖。

「大量採購是專家的工作吧？」

「男爵大人說得沒錯。」

經過這樣的溝通後，艾戴里歐先生展開了新的事業。

他一口氣在王都內和郊外，開了十幾間主打之前那個「串炸」的店。

那些店還有賣其他威爾發想的料理，而且從開張以來，客人就絡繹不絕。

「將店鋪交給分店長管理的餐廳經營模式啊。原來如此。」

以艾戴里歐先生經營的商會為主體，供應材料給各個分店，同時派遣店員到各分店，進行教育。管理人員的出勤，定期給予休假，並視營業額分發獎金。

除此之外，還制訂了將優秀人才任命為幹部，或是支援其獨立的制度。

「男爵大人為什麼對這種事情這麼熟悉？」

「某個早上！神明突然顯靈！」

「不想說的話，我就不問了。」

忙著準備開店、提供給各店鋪的資源和經營番茄醬工房的艾戴里歐先生，似乎早已笑得合不攏嘴。

他應該不想問威爾多餘的事情，惹威爾不高興吧。

尤其是工房的調味料，無論醬油或味噌都只能向威爾進貨，不管進多少都馬上就會用完。

接著衍生出來的「照燒醬汁」似乎也賣得很好。

不過命名品味還是一樣神祕。

「雖然為了方便保存，我們新建了利用昂貴魔法道具的地下冷藏倉庫，但裡面根本沒多少東西能放。我們每個月向男爵大人進的醬油和味噌，都不到一個星期就賣光了，所以很少用到。」

來家裡拜訪的艾戴里歐，在支付威爾貨款的同時，也若無其事地要求增加進貨量。

「要是一口氣流入市場，價格不會暴跌嗎？」

「因為需求還沒被滿足到會暴跌的程度。」

不如說正因為需求未被滿足，所以還有人透過轉賣來獲益。

「要追加進貨是沒問題，但請你們快點確立量產體制。」

製作味噌和醬油的魔法，威爾似乎已經用得很熟練，就算是在和導師做完嚴厲的修行後，依然能夠製造。

威爾本人也說「將魔力用在這裡，對增加魔力量也很有效」。

「味噌意外地就快能夠量產。醬油應該還要花幾年。」

「沒辦法，醬油就是這樣。」

「我正在和委託的酒廠合作，建設新的味噌倉庫。再來是叫味醂嗎？那個也很快就能量產了。」

「味醂對料理來說，也是不可或缺的東西。」

「是針對男爵大人發想的料理吧？話說那是叫納豆和豆腐嗎？」

威爾發明的東西，艾戴里歐先生都接連確立了量產體制。

威爾在和導師修行以及陪我們約會的空檔，都在忙這些事情。

「關於取得那個叫滷水的東西……因為和鹽不同是液體，所以進貨的價格會受到運輸成本的影響變高。製造方面，也必須要有海水。」

「姑且是有代用品啦。」

威爾後續又開始委託艾戴里歐先生製造奇怪的食物。

他之前用很認真的表情，做了一種叫豆腐的食物。

將泡水後變軟的大豆搗碎、煮過後，過濾出名叫「豆漿」的白色液體，接著只要加入名叫「滷水」的液體，豆漿不知為何就會凝固。

威爾將那個凝固物命名為「豆腐」。

我還記得試吃時有股淡淡的甜味，非常好吃。

根據來自威爾的情報，這個叫豆腐的食物似乎對健康也很好，同時還有美容和減肥的效果。

雖然做起來很費工，想取得滷水這種必須採自海水的液體也很花錢，但在威爾提供代用品的情報後，問題就解決了。

「用醋泡蛋殼？」

「嗯。只要浸泡四天左右，就能用來代替滷水。」

「真虧男爵大人居然知道這種事。那麼在能量產這個豆漿和豆腐後，要怎麼拿來賺錢呢？」

「這個嘛……」

在威爾的唆使下，艾戴里歐先生開始砸大錢從事新的生意。

除了賣豆漿和豆腐以外，還有用稻草包住煮熟的大豆溫熱後製成的食物「納豆」。

不過我不太喜歡吃這個納豆。

艾爾也不能接受，但伊娜和艾莉絲都吃得津津有味。

此外還有以豆腐為材料做成的「炸豆皮」和「炸豆腐餅」，以及使用做完豆漿後剩下的「豆渣」做成的料理。

因為沒什麼味道又柔軟，所以也能用在各種料理、甜點和點心上，我記得當初才剛發售，店裡就擠滿了客人。

「這邊也是盛況空前呢。」

雖然因為數量還不多，所以價格昂貴，但由於有美容和減肥的效果，店面在販售時也會提供調理方法，因此開始以貴族和富裕階層為中心，瞬間熱賣起來。

交給那些人負責販賣，也是大成功的主因之一。

「材料沒用到肉和魚這點真是太棒了！」

和艾莉絲的祖父霍恩海姆樞機主教所屬的正教徒派不同，那些遵從古老教義、恪守嚴格戒律的懷古派神官們，經常來買用豆腐和豆渣做的料理。

其他宗派的神官們，在為了儀式或活動，必須禁食或盡量少吃魚、肉時，也會定期來購買。

「要是又想到了什麼，再來找我吧，男爵大人。」

雖然艾戴里歐先生很高興，但我覺得威爾還是自己經營會比較好。

即便只出主意也能拿到許多錢，但自己經營一定更有利可圖。

不過威爾並沒有這麼做。

我問威爾為什麼，他回答：

「這樣賺的錢就夠多了，而且這種生意會被很多人模仿，想持續賺錢非常辛苦。既然如此，還是交給有經營心得的艾戴里歐先生，我只要買普及後變便宜的商品就好。」

原來如此，看來威爾某方面來說也滿有心機的。

而且他似乎還有其他更多的點子。

＊　＊　＊

「的確……」

「王都的教會、其他商會以及艾戴里歐啊。那傢伙似乎藉由收購小子的點子，大賺了一筆。」

我們和布蘭塔克先生一面聊威爾這兩三年在王都和鄰近地區推廣的各種調味料和料理，一面採集在森林裡生長的各種水果。

「呃──『可可豆』？這可以吃嗎？」

布蘭塔克先生用「報告」魔法找到了一種大小和嬰兒差不多的果實，並接連放進魔法袋裡。根據圖鑑的記載，那個叫可可豆的果實，似乎有某種用途。

其他還有大小約兩公尺、果實表面看起來刺刺的「鳳梨」，以及「木瓜」、「山竹」、「楊桃」、

「椰子」、「荔枝」和「石榴」等水果。

儘管都是之前那本圖鑑有記載的水果，但全部都大到必須用雙手才拿得動，這裡的東西尺寸果然都不符常理。

「雖然我已經說了很多次，但真的什麼都很大呢。」

的確，每一樣都和圖鑑上記載的標準尺寸不符。

「不過好吃就算了。」

「幸好味道沒有很平淡，不過……」

布蘭塔克先生似乎在擔心什麼事。

「不過什麼？」

「既然這裡長了這麼多大型水果，那吃這些東西的魔物應該也很大吧。」

「的確……」

我逐漸產生不好的預感，而且看來我想得沒錯了。

布蘭塔克先生在看向某個方向後，露出嚴肅的表情。

「發現了幾個翼龍等級的反應。你們可別被魔物獵回去吃掉啊。」

就在我們聽從布蘭塔克先生的指示準備戰鬥時，巨大的魔物已經衝到我們面前。

「啊啊，累死了。」

「布蘭塔克先生，威爾什麼時候要來接我們？」
「應該要再等一小時。」
一開始採集大型水果時還滿開心的，但和未知的巨大魔物戰鬥果然很累。
畢竟水果很大，就表示吃它們的魔物也很大。
例如擁有高兩公尺、全長七公尺的身體，特徵是犬齒超過五十公分的肉食魔物「劍齒虎」，以及全長將近十公尺、頭部有兩隻角的魔物「犀牛」。
除此之外，還有雖然不能飛，但全長超過五公尺的怪鳥「鴕鳥」，以及體型和翼龍差不多大的巨鳥「地獄鷹」。
我們遇見許多從未見過的魔物，首先讓艾爾與伊娜牽制對手，然後再讓布蘭塔克先生用魔法，或是我用魔鬥流的招式給予致命一擊。
牠們大概是因為自己的地盤被入侵，才生氣地攻擊我們。
至於肉食的魔物，應該單純只是將我們當成食物。
「不過這森林到底是怎麼回事？」
我也不是不能理解布蘭塔克先生為什麼會想抱怨。
因為過去從來沒有聽說過這種只有巨大又凶暴的魔物棲息的領域。
就連在冒險者時代幾乎走遍整個王國的布蘭塔克先生，都是第一次見到這麼危險的領域。
「不過收穫也很多。」

「畢竟這裡的瑪那非常濃厚。」

這裡的巨大水果，多到連那群巨大的魔物都吃不完。

這表示這些植物的繁殖速度就是這麼快。

一般的植物或農作物，根本就不可能長這麼快。

「意思是這些果樹也已經半魔物化了？」

「我想應該沒錯。所以果實才會那麼大。而且成長速度還快到其他魔物吃不完。」

「所以只要有能力進來，這裡對冒險者來說就是座寶山囉？」

「因為是只有這本圖鑑有記載，幾乎被當成傳說的魔物和採集物。考慮到稀有性，應該能賣到好價錢。」

不過普通的冒險者，在遭遇魔物的瞬間就沒命了。

這次是因為有布蘭塔克先生這個優秀的魔法師，和接受過導師修行的我在，所以才只有覺得累而已。

要是威爾也在，應該能探索得更輕鬆。

「話說這次的成果……」

布蘭塔克先生用「報告」判斷沒由的植物和水果，以及襲擊我們的稀有魔物。

只要拿去布雷希柏格賣，應該能換到不少錢。

「聽好囉？這次終究只是調查。沒探索過的地方還有很多，必須等調查完整個魔之森後，才能提出調查結果。」

簡單來講，就是目前還不能換錢。

不能換錢，就表示還無法確定收益，沒有納稅的必要。

「但別誤會了。之後還是要好好拿去換錢並繳稅。」

總而言之，布蘭塔克先生不想給威爾的哥哥錢。

就算要繳稅，也要等那位哥哥被剝奪下任當家的地位以後。

我們原本就是站在威爾這邊，所以對這點沒有異議。

要是那位哥哥有懷疑我們逃漏稅，並跑來這裡調查的膽識，那要我們繳稅也行。

「那麼，時間差不多了。」

「——哎呀，今天也是工作到全身都是土呢。」

威爾突然用「瞬間移動」出現在我們面前。

仔細一看，他的長袍被土弄得有點髒。

應該是因為今天也忙著開墾新田地和水道，所以才會弄成這樣。

「小子，你又去開墾田地啦。」

「我貼出了『不需開墾、水道完備、直接從農事開始的農民生活』的傳單……」

「那應該很多人來報名吧。」

雖然有很多貴族會在已開發地募集自耕農，但通常只會隨便將特定區域的土地劃給農民，然後就要對方自己開墾。

但威爾的情況，是直接將土壤改良到一定程度的田地交給對方，同時還能一面接受專業農夫的指導，一面進行稻作，所以吸引了許多志願者。

大家都知道要在新土地從事農業有多麼辛苦。

不過這份辛苦在一開始就能減半。

而且威爾還保證第一年會提供最低限度的收入。

生活所需的東西，都能在威爾經營的商店便宜買到。

因為食材可以去鮑麥斯特騎士領地買，所以移民後也不必擔心生活不便或糧食匱乏。

因此現在位於未開發地的開墾地區人口正急速增加。

「住屋不會不夠嗎？」

「這件事我已經拜託那個可疑的里涅海姆先生了。」

「拜託那傢伙沒問題嗎？」

雖然布蘭塔克先生擔心地問道，但實際上非常順利。

里涅海姆先生在王都內找到已經預定要拆除的房子，並以接近免費的價格買了下來。

由於買的只有上面的房子和地基，屋主不只能省下拆除費用，還能賺到一點錢，因此馬上就答應了。

買下來的房子都被裝進林布蘭特男爵的魔法袋，等累積到一定程度後，再按照威爾的指示移建到這裡。

至於需要修補的房子，則是麻煩威爾從王都送來這裡的工匠們修理。透過這個方法，短短三個星期的時間，開墾地已經有四十五戶民宅，人口也增加到約一百八十人。

「田地部分也有所進展，在幼苗長大前，大家都忙著在進行改良土壤和調整細部的作業。」

等培育好稻苗，再來就是水田內進行插秧。

其實經過開墾和土壤改良的新田，一般要再花數年的時間才能收成。

然而威爾打造的田地，在第一年就預期能有一定程度的收成，所以才厲害。

「明明不是自己的土地，你居然還這麼拚命。」

「不管關係再怎麼親密，都還是需要利益來維繫。」

威爾現在努力用魔法開發的開發特區，將來預定會成為赫爾曼先生的土地。

他心裡其實應該也不想協助威爾把親生哥哥趕下臺。

然而一想到威爾現在開發的田園地帶與村落，將來會變成自己的東西，為了分家的人們，他只好狠下心協助讓哥哥失勢的工作。

不過這種惡毒的話，實在不符合威爾平常的風格。

不對，該說這才像貴族嗎？雖然我也喜歡這樣的威爾。

為了保護自己的容身之處，不想傷害任何人這種天真的理論是行不通的。

而且威爾還擁有強大的魔法和高額的資產。

為了貫徹自我，偶爾也必須做這種事情。

而我不認為這是件壞事。

雖然對威爾的哥哥不好意思，但為了確保我和艾莉絲他們的容身之處，只能請他下臺了。

「話說探索的結果怎麼樣？」

「有很多沒看過的奇怪水果和魔物呢。」

「咦，連布蘭塔克先生都沒看過的魔物嗎？」

「小子，我雖然是老練的冒險者，但也不可能認識所有魔物。畢竟這塊大陸非常廣闊。」

按照布蘭塔克先生的說法，除了這塊位於南端的未開發地以外，至今依然還有許多人跡未至、連棲息了什麼都不知道的領域。

所以才能和北方的阿卡特神聖帝國維持和平。

比起不能保證獲勝的戰爭，大家寧願選擇開拓未開發地。

雖然這樣就會產生以前的人為何要戰爭的疑問，但即使是偉大的學者，也無法提出確實的答案。

「那快點回去讓我看看吧。」

「不過沒想到我們領主大人的書也有派上用場的時候。」

「你若無其事地說了很過分的話呢。」

布蘭塔克先生說得沒錯，我們以前也曾因為那本色色的書而吃了不少苦頭，所以當然要抱持警戒。

「回去吧。」

在威爾的指示下，我們聚集到他的身邊。

然後瞬間返回位於朝南方延伸之廣大農地的開發特區內，某棟房屋前面。

第二話　被逼到絕境的科特

「這樣下去，鮑麥斯特騎士領地會被威德林搶走！」

自從那個可恨的威德林搬到我們鮑麥斯特騎士領地內生活後，已經過了三個月。

他一開始明明說只是來淨化在魔之森內變成不死族的犧牲者與回收他們的遺物，但後來馬上就推翻前言，決定留在領地內生活。

而且他還無視我這個下任當家，直接跑去和父親交涉亂來一通。

最後甚至從父親那裡取得未開發地的使用許可，擅自將自己的房子移建到那裡。

那棟房子豪華到就算拿本家的房子來比較，也只會覺得空虛的程度，在這個時間點，身為領主的我們就已經被人侮辱了。

到底是哪個世界的笨蛋，才會將比領主宅第還要豪華的房子移建到其領地。

我試著向父親抗議這個明顯的問題，但結果並不理想。

「我聽說這只是暫時的。忍耐一下就好。」

他似乎已經屈服於那個魔法強到連龍都能殺死的優秀兒子的壓力。

衰老到這種程度，已經只能用老不死來形容了。

「領地內的開發不是進行得很順利嗎？這時候抱怨又有什麼好處？」

領地內的開發確實大有進展，但那和我們一點關係也沒有。

威德林現在似乎只拿一半的時間去探索魔之森，剩下的時間都用在開墾未開發地上。

他用威力強大的魔法將土地整平，偶爾用魔法移開小山般大的石頭。

威德林將田地打造成漂亮的正方形，並輕易完成了道路和水道的建設。

除此之外，他還用魔法將田地的土壤改良成適合稻作的土質。

從頭開墾旱田或稻田，一般要花很多時間。

首先光是開墾本身就很費時。再來想讓土壤變得適合種植作物，通常必須花上數年或甚至十年以上的時間。

結果那傢伙居然第一年就能取得一定程度的收穫。

只能認為威德林是在瞧不起我們這些認真開墾的人。

這三個月，與我們領地鄰接的未開發地開始出現廣大的水田和水道，前陣子插秧的稻苗，在放滿水的水田裡順利生長。

威德林以員工名義募集來的那些希望移民的人，都忙著在同樣被他請來的老農夫們的指導下，學習照顧稻苗的方法，根本沒有餘力去補強田埂或水道。

「這塊領地快被那傢伙，快被威德林搶走了！」

「再過不久，那個開發特區就會變成我們的領地。」

「你覺得那個威德林會遵守這種約定嗎？」

威德林將開墾地命名為「開發特區」。

現在那裡約有百戶人家，人口也超過三百五十人。

「那裡已經變得比主村還大了！父親！」

「這也是時代的潮流。雖說是主村，隨著領地規模不斷擴大，領地的中心也會跟著改變。」

父親只要領地內的農地和人口增加就滿足了。

不過單純變大的領地，在脫離領主的管制後，就只是塊有人聚集的場所。

為了領地的安全，必須由我們來好好地支配那裡。

為了這個目的，就算被人討厭也要徵收稅金。

「而且那些傢伙還沒繳稅！」

「應該有繳吧。你沒好好看過契約內容嗎？」

明明締約時把我支開，居然還說這種話。

按照與威德林簽訂的契約，他以冒險者身分賺到的錢，和開發未開發地的收支是連動的。

簡單來講，就是在將他於魔之森狩獵與採集取得的利益，和開發未開發地使用的經費合起來計算後，必須將整體收支的兩成利益當成稅金繳納。

他刻意將契約訂得很複雜，不讓我得知詳情。

那傢伙一定有在稅金上動手腳。

但父親和克勞斯都沒有表示意見。

這讓我氣得不得了。

「父親，那傢伙絕對有在搞鬼！」

「沒這回事，克勞斯有好好確認。」

針對算錢這種低賤事，克勞斯的確是個能幹的男人。

不過考慮到現狀，那傢伙根本就不能信任。

從那個男人的角度來看，即使這個鮑麥斯特騎士領地的主人換成威德林，他也不痛不癢。不對，不如說他還比較希望事情變成那樣。

「那種傢伙怎麼能信！」

「那你自己去確認吧。」

「……」

我怎麼可能辦得到。

我沒有接受過這種教育，而且說貴族不需要學這種東西的人，不就是你嗎？

「還是要交給其他村落的名主？」

這也辦不到。

我明明是為了領地的發展，才做出從遺物徵收鐵製品的苦澀決斷，但那些傢伙居然去向威德林告狀，企圖妨礙我。

「那些人根本就是背叛者！」

在與父親的契約中，有提到威德林必須幫忙處理領地內的雜事。

雖然我當時就有不好的預感，但結果真的成真了。

在我們領地的神父腰痛不能動的時候，威德林派了自己的未婚妻當代理。

中央的臭和尚的孫女，自以為是聖女的女人。

「艾莉絲大人，我最近的身體狀況變好了。」

「那真是太好了。」

那個用不符合年齡的大胸部欺騙威德林的妓女，正在利用擅長的治癒魔法治療領民，拚命討好那些傢伙。

我本來想趕走那個礙事的女人，但因為治癒魔法的存在，要是真的這麼做，一定會招來領民們激烈的反抗，所以我只能自制。這實在是件令人不快的事情。

在搶走教會後，威德林換插手重新開發領地的工作。

雖然他不至於對主村出手，但依然積極協助其他村落。

「那麼，我們要搬到開發特區那裡了。」

「在那裡可以種稻啊。希望未來這裡也能種……」

他重新整理原本被巨石、森林或丘陵地帶截斷或因此變形的田地，並整頓了新的水道支線，將領民們的家移建到靠近他們田地的位置。

這一百年來，我們領地一直在努力開墾田地。

然而因為勞力的關係，我們的耕地形狀往往因為障礙物或地形而變得歪斜，或是因為住家附近無法繼續開墾，只好在遠處另外給予領民新的農地，留下了許多問題。

有些人每天整理完自己家前面的田地後，還要再走約一小時的路去照顧新的田地。

結果威德林解決了這個不便。

他讓領民們的農地變成在自己家附近。

而且為了方便使用農耕用的牛、馬和農具，他還用魔法將田地重劃為正方形。

「那個笨蛋！」

小麥才種到一半，居然要重劃田地。

我因為擔心收成泡湯而趕到現場，結果看見了奇妙的光景。

「我先將這塊田地的小麥連土一起移到這裡喔。」

「有勞您了。威德林大人。」

「這是我的工作。」

為了不對成長中的小麥造成影響，那傢伙居然用魔法將周圍一點一點地變成田地，或是將麥苗連土一起搬到空中移動。

「哎呀，這真是神蹟啊。」

「移動到旁邊新田的麥苗沒事吧？」

「因為是連土一起移動，所以沒問題。能在變寬的田地和新田地種冬天的小麥，真是太令人高興了。」

「雖然我有幫土壤做一些改良，但接下來的兩三年還是要妥善照顧。」

「我有這方面的經驗，所以請您不必擔心。原本重新開墾要花好幾年的時間，魔法真是方便呢。」

威德林說這是村落的名主們委託他的工作，並花費約一個星期的時間，替兩個村落開墾新土地與重劃田地。

結果那兩個村落的居民們擁有的田地面積，平均起來已經超過主村的居民。

除此之外，威德林還幫忙除掉妨礙開墾的巨石與巨木，瞬間碾平正常來講不曉得要花上幾年才能處理掉的小山丘做成田地，把農業道路整頓得更方便往來，以及延長水道讓灌溉變得更輕鬆。

「父親！」

「領民們的田地增加，農事變得更輕鬆，稅收也增加了。這有什麼好抱怨的？」

我試著向父親抱怨，但他還是一樣完全不行動。

威德林明明是想離間這塊領地，為什麼父親都沒發現？

「威德林想要破壞主村和剩下兩個村落的關係！」

「科特……你……」

「沒事……」

我差點忍不住接著說出禁句。

這塊領地的主村和另外兩個村落是對立關係。

不過這是代代領主流傳下來的問題，不可以公然說出口。

「總而言之！威德林很危險！」

不只重新開發兩個村落，那傢伙還從以前離開這塊領地的領民們當中尋找志願者，讓他們重新回到之前提到的開發特區。

在領民們的孩子當中，也有些三男或四男開始搬到那裡種稻。

「兩個村落的人口都在減少！這樣人頭稅的稅收也會跟著變少！」

即使金額不高，但應該還是會減少。

而且因為他們搬去的開發特區的盈餘，在計算時可以先扣除過程中花費的經費，所以這也有助於威德林逃稅。

「父親太天真了！威德林明明賺了那麼多，應該設法從他身上多榨些錢！」

怎麼可以放過這個機會。

必須趁機存錢，然後讓我們獨自開發未開發地。

不能讓威德林這個外人，繼續進行開發。

「為什麼要從威德林那裡榨錢？」

「從有錢的地方拿錢，這哪裡不對了？」

「雖然現在特區是由威德林在開發，但你有算過如果由我們開發，要花多少錢嗎？」

「威德林的魔法是免費的吧。」

「科特，你是笨蛋嗎？」

「我哪裡笨了！」

居然這樣瞧不起人，我瞪向父親。

「開墾的費用，的確頂多只有威德林的伙食費。不過還有其他地方要花錢啊。」

父親開始說明一些艱澀的事情。

「雖說是中古屋，但還是要僱用專門移建的魔法師，將大量的房子移來這裡。那位大人不僅是名譽男爵，同時還是移建魔法的名人。」

那筆委託費當然是由威德林出。

除此之外，還有從布雷希洛德藩侯領地請來的老農夫們的薪水、為了開始種稻而購買必要農具的費用，以及給想移民的人第一年的收入。

「科特，這樣你聽懂了嗎？即使現在少了一點稅收，但那個特區再過幾年就會變成我們的東西，那裡的居民也會變成我們的領民。何況稅收根本就沒減少。你有好好看過報告書嗎？」

又開始瞧不起人了。

我當然有看過稅收的報告書。

我們領地首間商店的盈餘、將探索魔之森的成果拿去布雷希柏格販賣後得到的利益，以及開發特區扣掉費用後的盈餘。
在這三個月裡，我們收了約六十萬分的稅。
但光這樣還不夠。
威德林原本就非常有錢。
只要父親動用領主權限，將他總資產的一半當成稅金徵收就行了。
要是有那麼多錢，我們就能自己開發那些未開發地了。
「總而言之！只要從威德林身上榨更多錢就行了！父親是這個鮑麥斯特騎士領地的最高掌權者，即使是陛下也不能插手這塊領地的事情！」
「你稍微冷靜一點。」
我明明這麼認真地在擔心鮑麥斯特騎士領地的將來，結果關鍵的父親卻是這副德性。
不對，站在父親的立場，只要這塊領地能存續下去就行了，就算讓威德林擔任下任當家也無所謂。
「我要走我自己的路！」
「隨你高興吧。」
父親已經靠不住了。
反倒是可能成為我的潛在敵人。
既然如此，那就不需要再聽從父親的意見。

「科特，你要去哪裡？」

「你忘了今天是集會的日子嗎？」

鮑麥斯特騎士領地，偶爾會舉辦讓領民們發表意見的集會。

雖然這類集會會讓三個村落各自推派數名代表出席，但除此之外，還有另一種只有主村的有力人士能出席的集會。

表面上三個村落都是平等的。

但實際上從第一代到現在，一直都是鮑麥斯特騎士爵家的有力支持者的主村擁有優待，能在事先向本家陳情。

畢竟他們是強烈認同由鮑麥斯特家來支配領地的存在。

當然這種事情要是被公開，一定會引起其他兩個村落的反彈。

話雖如此，這件事應該也早就洩漏了。

只是他們就算不滿，也不能違抗鮑麥斯特家，所以只能乖乖閉嘴。但是都怪威德林，不曉得之後還能不能維持現狀。

「在主村的居民裡，有很多人不喜歡威德林。只要能獲得他們的支持，說不定就能讓那傢伙多繳一點稅。」

抱著這樣的想法，我急忙前往預定要舉行集會的艾克哈特家。

「人數真少。」
「大家都說有工作要忙……」
我丟下不管說什麼都沒用的父親，去參加在艾克哈特家舉辦的集會。
「就算是這樣，也還是太少了。」
主村原本應該有約二十人能出席這場集會。
他們都是擁有大量農地的富農，或是至今一直獨占鮑麥斯特領地內的市場與利益的工匠。
雖然遺憾，但由赫爾曼那個背叛者擔任當家的侍從長家，和幾名侍從也被允許出席。
然而今天來參加集會的領民只有八名，不到平常的一半。
「皮匠德克、裁縫尹古和木匠魯克思呢？」
「那個……」
確認完出席者後，我發現在那些一直以來強烈支持我接任下任當家的工匠中，只有鐵匠艾克哈特出席。
我一問原因，艾克哈特就無奈地開始說明：
「他們暫時歇業了……」
「啊？歇業？」
「是的。」
根據艾克哈特的說明，自從威德林開店後，他們的客人就被搶走，根本沒人光顧，所以就聽從那傢伙的意見，決定放棄當工匠了。

的確就算從我的眼光來看，無論再怎麼客套，這塊領地的工匠技術都稱不上好。

但至少還是比外行人好，還不到不能用的程度。

最重要的是，他們都是我的有力支持者。

雖然我們之間只有利益關係，但反過來講，只要給他們特權就能獲得他們的支持，是非常容易應付的存在。

這樣的想法從父親和祖父那一代開始，到現在都完全沒有改變。

然而他們不僅缺席這場重要的集會，甚至還歇業了，這讓我大感驚訝。

「怎麼會有這種蠢事！」

「雖然我的狀況也一樣，但他們這三個月，幾乎都沒有客人……」

自從威德林開始販賣來自布雷希柏格或王都的商品後，好像就再也沒人去光顧他們的店。

那些商品不僅品質好，價格也稍微便宜一點，所以這可以說是理所當然，但這個狀況實在不容忽視。

因為害我們領地的產業無法生存，可是一項非常嚴重的罪名。

「這最後將導致稅收減少！威德林才是害這塊鮑麥斯特騎士領地衰退的不法之徒！」

「那個，當家大人……」

關於產業無法生存的事情，威德林似乎也有提供援助。

「什麼意思？」

「是的。其實……」

就在工匠們因為少了客人和收入而感到困擾的時候，威德林似乎向他們提議「要不要讓令郎去外地習藝呢」。

「即使繼續競爭下去也沒有勝算，所以應該讓手藝足以和外來商品對抗的工匠在領地內重新開設工房。」

威德林利用他的人脈，送工匠們的子弟去王都或布雷希柏格的工房擔任學徒。

等那些子弟將來在習藝的地方被承認能夠獨立後，再讓他們回來繼承父母維護的工房工作。威德林似乎提出了這樣的計畫。

「那現在擔任工匠的人要怎麼辦？」

「好像就先靠種稻維持生活。」

考慮到年齡，即使他們從現在開始習藝，就算不至於毫無意義，某方面來說還是非常困難。

不過若是送還年輕的晚輩去習藝，應該會比較容易取得成果。

於是他們似乎打算一面維護歇業的工房設備，一面在開墾地種稻維生。

「艾克哈特，你……」

「我……」

威德林並非單純逼迫那些工匠，而是將他們誘導到他事先準備好的退路。

這真是符合在王都被中央那些腐敗貴族汙染的威德林的風格，讓人想吐的策略。

看來只有唯一和威德林正面起過爭執的艾克哈特，沒有答應這個提議。他應該是認為自己不會有這個機會吧。

也因為這樣的背景，所以他對我來說是個不用擔心背叛的好用男人……

「來參加的富農很少，也是因為這個原因嗎？」

「是的……」

不如說在那些缺席的富農當中，已經沒有人能繼續被稱做富農了。

在主村以外的農地被擴大並重新分配後，他們現在已經反被歸類為規模較小的農家了。

「（我知道那些傢伙的企圖……）」

他們想改投靠威德林，讓他幫忙主村開墾和重劃土地。

對小孩子多的農家來說，無法繼承土地的孩子們本身就是個問題。

由於之前的遠征造成許多成年男性戰死，因此父親為了填補人力而鼓勵生產，但孩子實在太多，再過十年農地就會變得不足。

從遠征以後，也就是威德林大約三歲的時候，父親就開始率先開墾農地。

在勞動力減少的狀況下開墾，讓領民們感到非常不滿，即使如此，最後還是成功擴展了農地。

小麥的收穫量增加，能從商隊那裡取得的金錢和物資也增加了。

然而此時又發生了一個問題。

除了未開發地以外，領地內已經沒有能夠開墾的土地。
就算有剩，也都是只能依靠威德林的魔法，充滿障礙物或很難整平的土地。
最後因為勉強開墾，導致田地的形狀歪七扭八，增加了農事的難度。
各村落周邊的土地，已經無法繼續開墾。
由於未開發地中容易開墾的平原都有狼、豬和熊出沒，如果不準備護衛，姑且不論開墾，就連維持田地都有困難。所以我們以前才沒對那裡出手，但威德林只花約三個月就解決了這些問題。
他用魔法解決了一切。
「那麼，關於這個鮑麥斯特騎士領地面臨的危機……」
出席的這些人，內心明顯也在猶豫要不要改投靠威德林，看起來對我的發言沒什麼興趣。
因為從這些傢伙的角度來看，不如讓威德林搶走鮑麥斯特騎士領地還比較有利。
「赫爾曼也沒來啊……」
就連以前一定會參加集會的赫爾曼也缺席。
就算他有來，我也不會讓現在只會按照威德林的意思行動的他參加。
而且赫爾曼從以前開始就不贊成對三個村落差別對待。
雖然那只是沒看清這個鮑麥斯特騎士領地現實的不成熟意見，但由於在主村的年輕世代中也有人贊同，所以我記得給我添了不少麻煩。
「那個……科特大人。」

「什麼事？」

「這次我們並沒有什麼特別的意見……」

以前明明動不動就要求我優待主村，現在才害怕會被威德林發現。

和我們以前採取的方針完全相反，威德林是以主村以外的人為優先。

不如說他明顯是想動搖支持我的階層。

在把我拉下臺後，他應該就會平等對待主村和其他村落。

這麼一來，即使只是受到相同的對待，主村的人還是會感謝威德林。

「那個臭小鬼！」

過了約十分鐘後，這場聚集了主村的有志之士的集會也宣告結束。

明明是為了安定的統治，才給他們一定程度的優待，聽取他們的意見，結果這些傢伙一看見威德林的魔法，就開始準備背叛了。

這些人果然原本都是卑賤的貧民窟居民。

因為覺得不愉快，所以我為了冷靜而走向住家後面的森林。

仔細想想，威德林愛出風頭的毛病就是從這裡開始的。

他六歲就開始進入森林，並取得讓人難以想像他只是個孩子的成果。

威德林每天都會獵珠雞或豬，還有帶山葡萄、山芋、山菜和柴薪等東西回來。

雖然父親和母親都很高興，但我只覺得他太愛出風頭了。

「那個臭小鬼！要是他那時候就死了該有多好！」
我指的是他幾個月前探索古代遺跡，約一個星期都失去聯絡的時候。
我還記得當時中央有個叫盧克納的貴族，派使者送來容易讓人誤會的報告，害得我空歡喜一場。
就算是現在，只要偶爾想起這件事，就會讓我感到憤怒。
「哼！那種中央的貴族根本就靠不住！」
「那可未必。」
「是誰？」
我因後面突然傳來聲音而回過頭，以前奉盧克納男爵的命令送信過來的男人，就站在那裡。
他好像是盧克納男爵經常委託的冒險者，但他是個臉色很差，給人陰沉印象的詭異男子。
「好久不見。」
「謝謝你的假情報。」
我很好奇他會有什麼反應，所以試著先挖苦了一下。
「非常抱歉。不過我只是奉委託人的命令，幫忙送信而已。」
「是不是真的是這樣，也讓人覺得很可疑。」
雖然不曉得這個男人和盧克納男爵親近到什麼程度，但既然特地跑來這種偏遠地區，應該是相當受到信賴。
或許他其實是盧克納男爵培育的家臣，連冒險者的身分都是假的。

「我是個自由冒險者。只因為對力量有點自信，還有口風很緊，所以才靠這種工作賺錢。」

既然獨自從王都跨越山脈來到這種偏遠地區，表示他應該對自己的實力和體力相當有自信。

「那麼，你有什麼事？」

「說得也是，畢竟我們彼此的時間都很珍貴。」

說完後，這個陰沉的冒險者遞給我一個破舊的小木箱。

「這是什麼？」

「這是能協助你暗殺鮑麥斯特男爵的道具。」

「……」

「我剛才也說過時間寶貴。簡單來講，盧克納男爵大人想藉由送這個東西給你，賣你一個人情。你要用這個暗殺鮑麥斯特男爵，突破現在的危機。」

事到如今，不用說也知道我面臨了什麼樣的危機。

威德林逐漸侵蝕這塊領地，現在支持我的領民已經是少之又少。

大家都已經逐漸屈服於威德林的魔法與財力。

最後就連父親都開始支持威德林。

站在父親的立場，我知道這都是為了領地的發展。

他已經不打算讓我繼承當家之位。

理由很簡單，身為鮑麥斯特家的當家，父親有責任要讓領地繁榮，為此甚至必須做好捨棄我這個長男的覺悟。

儘管他應該也是傷心欲絕，但他受到的傷害還是比被平白捨棄的我要少。

蜥蜴在斷尾求生時也是會感到疼痛，但那股疼痛過不久就會被遺忘。

不過被切斷的尾巴根本無法承受這股痛楚，所以我必須在取得起死回生的對策後，驅除威德林。

「你懷疑我嗎？」

「嗯，你們實在太可疑了。」

「我想也是，不過同樣都是被逼到絕境的人，不如一起合作吧。」

「同樣都被逼到絕境？」

「是的。盧克納男爵大人現在也是自身難保。」

外表陰沉的冒險者，開始向我說明盧克納男爵的危機。

「要是讓鮑麥斯特男爵主導未開發地的開發，狀況會很不妙。」

王都那些希望早點把我趕走好加入開發的貴族，似乎已經開始騷動。

「那我的立場呢？」

「請你別生氣，聽我說。和新開發事業帶來的特權相比，至今從未和中央接觸過的鄉下貴族繼承人，根本就毫無價值可言。」

「你還真敢說呢……」

讓威德林擁有的龐大資產，注入廣大的未開發地。

這麼一來，未開發地的開發就會進展得非常迅速，相對地威德林親信的家臣數量並不多。

於是那些貴族就想將多餘的親人或家臣之子，送去當威德林的陪臣。

開發工程一開始也要委託外部人士，所以各貴族都想讓與自己關係密切的商會或業者得標。

開發所需的物資要向誰買、要挑誰去那裡做工程，以及貿易方面的特權，這些規模都非常龐大。

「總之貴族們都非常拚命。」

看在那些貴族的眼裡，我已經完全被當成一個死人。

不如說我活著只會礙事。

「你的委託人應該也忙著在爭奪特權吧。」

「這不可能。」

無論盧克納男爵再怎麼掙扎，他的派閥似乎都無法取得未開發地開發的特權。

在這次未開發地的開發中，居於主導地位的是布雷希洛德藩侯與盧克納男爵的哥哥盧克納財務卿。

按照這個陰沉冒險者的說明，與哥哥關係惡劣的盧克納男爵似乎被設計成一分錢也賺不到。

「他和哥哥盧克納財務卿原本就是敵對關係，和鮑麥斯特男爵也很疏遠……」

盧克納男爵在威德林探索遺跡並失聯一個星期的時候，放出他已經死亡的謠言，因此得罪了威德林本人和他的宗主布雷希洛德藩侯。

「雖然我不太想這麼說，但真是自作自受呢。」

盧克納男爵，好像在中央擔任會計監察長。

想必他一定對自己的頭腦很有自信。

結果還是和我一樣，只能屈服於威德林的魔法與財力。

「等我被趕下臺後，他將分不到開發未開發地的任何特權，再也無法繼續維持派閥。真是可憐啊。」

雖然我自己也不曉得未來會如何，但誰叫盧克納男爵要送那種故弄玄虛的信來愚弄我，這是他的懲罰。

即使是在這種絕望的狀況下，我還是覺得有點痛快。

「我能理解你的心情，即使恥笑彼此的落魄，未來也不會改變。」

「這種事情，我當時知道。」

即使不用你說，我也知道。

這樣下去，我一定會在被廢嫡後送去教會。

應該會變得像之前那個和威德林決鬥的公爵一樣被軟禁到死，明明毫無信仰還是得過虔誠的日子。

我死也不想過那種生活。

「簡單來講，就是只要我使用箱子裡的東西暗殺威德林，就能起死回生，繼承那筆財產和開發未開發地的權利嗎？」

「是的，就是如此。」

「不過這個小箱子裡的東西沒問題嗎？」

「這是從古代遺跡挖掘出來的魔法道具。」

雖然看起來小小的，但效果似乎很強大。

我對這方面的東西不太清楚，不過比起就這樣坐以待斃，或許還是賭一把比較好。

「我會試試看。」

這樣下去，下個月的主村集會或許會全員缺席，這種未來可不是開玩笑的。

既然如此，就來賭賭看這個魔法道具能不能殺掉元凶威德林吧。

「那麼，這個要多少錢？」

又不是節慶送禮，一般貴族不可能免費送這種東西給其他貴族。

不如說免費贈送反而會惹人懷疑。

「根據委託人的說法，只要未來在特權方面給予優待就行了。」

「原來如此。比起一時的金錢，更想要能長久持續的特權啊。」

此外這樣也能分配給同一派閥的其他貴族。

「我知道了。那麼這個魔法道具要怎麼用？」

在那之後，我稍微聽那個陰沉的冒險者說明這個舊箱子裡的魔法道具的使用方法。如果是這個東西，確實有可能殺得了威德林。

「雖然外表看起來只是個普通的陶笛。」

「不過這是非常厲害的魔法道具。只要有靠這個叫來的東西，鮑麥斯特男爵應該也活不久了。」

我在腦中想像威德林被悽慘殺掉的身影。

只要他一死，我就能用他的財產主導未開發地的開發作業，中央那些只有傲慢和耍詭計厲害的貴族們，都要為了特權來向我低頭。

那簡直就像乞丐一樣。這樣的未來真令人期待。

「考慮到這東西的性質，請在沒有人的地方使用。」

「三天後，威德林要深入未開發地進行視察。我會在那時候用。」

「我知道了。我會轉達給委託人。」

最後留下這句話後，陰沉的冒險者就消失在森林深處。

只剩下我一個人拚命壓抑不斷湧出的笑意，持續凝視手上那個老舊的陶笛。

第三話　馴龍之笛？

「很好，成功了。」

「你又在試做新的調味料嗎？」

自從來到這個鮑麥斯特騎士領地，已經過了三個多月。

今天也在相同時間起床的我，在家裡的客廳吃早餐。

我坐在主位，負責領導護衛的保羅哥哥和有事來找我的赫爾曼哥哥，坐在我的左右兩邊。再來依序是艾爾和奧特瑪先生等人。

女僕多米妮克、艾莉絲、伊娜、露易絲和薇爾瑪等五人負責料理和接待。

如果這樣的光景出現在前世的現代日本，一定會引來女性主義者的抗議。

不過在這個世界，這才是常識。

屋主兼男爵的我、現在是名譽騎士爵的保羅哥哥，和身為客人的赫爾曼哥哥坐在上位，再來依序是擔任侍從長的艾爾、預定將成為保羅哥哥侍從長的奧特瑪先生，以及其他護衛。

這無關對錯，而是常識，所以只有我會對此產生疑問。

仔細想想，前世公司在舉辦尾牙時，也是讓人人物坐在上座，配合身分差距決定座位的順序這種事，不管哪個世界都一樣。

因為每次都坐得像是在參加生日派對一樣，所以就連我也逐漸習慣了。

「威爾，那是什麼？」

「保羅哥哥，這是新產品喔。」

「你連在這裡的時候，都在開發新商品啊？」

曾在王都擔任警備隊隊員的保羅哥哥，知道我在王都時開發了許多調味料和料理。我也經常給他艾戴里歐先生經營的店舖優待券，所以他好像偶爾會帶部下去光顧。

「美乃滋又多了新的同伴！」

「威爾，你又來啦。」

「那就不給艾爾了。」

「新產品啊，感覺會很好吃呢。」

從艾爾的角度來看，沉迷於調味料和料理的貴族或許會讓人感到不安，但這是我的興趣，我不會放棄，也不會讓別人妨礙我。

「那麼，你又要拿去賣了嗎？」

「這次姑且只是試做。考慮到成本，價格實在不太親民……」

我這次試做的，是我前世最喜歡的「明太子美乃滋」。

雖然作法簡單，但問題在於不曉得這個世界有沒有鱈魚子。

關於鮭魚卵，其實在未開發地的河川有種叫「南方鱒」的魚類，明明氣候溫暖，但那種鱒魚還是會逆流而上，所以可以從牠們身上取得。

我將這種魚卵泡在醬油裡，保存在魔法袋內。

至於鱈魚子，我後來發現在北方也吃得到。

於是我馬上拜託平常光顧的魚店進貨，但包含鱈魚子在內，魚卵在當地被當成一種稀有食材，在加上關稅和運送成本後，價格就變得非常高。

而且還必須將這個鱈魚子加工成辣明太子。

在委託魚店幫忙處理後，結果價格就變得比咖哩粉還貴。

「不過真虧你想得到呢。」

「的確……尤其我們老家的飯菜是那個樣子……」

保羅哥哥和赫爾曼哥哥都一臉驚訝，但我之所以熟悉這些調味料的作法，主要是因為前世的工作。

雖然我工作的公司還算有名，但在業界內還是被當成二流企業，所以像是菁英職員出國與當地政府交涉，然後受託打造昂貴的基礎設施，或是建設最先進的工業生產設備等等，這類某菁英上班族漫畫的劇情，都與我沒什麼緣分。

在結束新進員工訓練後，我被分配到主要負責採購食品類商品的部門。

此外我主要負責的不是國外，而是國內的食材，所以我的工作內容大多是定期前往國內的農家或漁港調查食材，然後向需要這些食材的生產商或店鋪提出議案。

雖然這也許和一般人對上班族的印象有點落差，但至少我們公司處理的大多是高級食材。交易對象也大多是堅持傳統製法的酒廠、味噌廠或醬油廠。

再不然就是只用國產的優質材料製作產品的中小型食品生產商。

當然，因為是和這類公司的人做生意，總不能連基本的作法都不知道，所以最後都會自然學會。畢竟這種有所堅持的生產商的技術負責人和師傅，大多都不太好相處。

我還是菜鳥的時候，就曾因為過於無知而惹人生氣，害交易對象被其他競爭公司搶走，最後被上司罵得狗血淋頭。

因為這段學習的過程與個人的興趣，我變得會在有空時自己做菜，所以現在才有活用這項技能的機會，人生真的是禍福難料。

「總之先試吃看看吧。」

我打算先試試味道，於是立刻將剛做好的「明太子美乃滋」放在飯上。

其他人也都各自放在白飯或麵包上，開始試吃。

「真好吃。」

「啊，我的嘴巴慢慢變得愈來愈挑了。」

如果只有明太子，就只跟白飯較為對味，但明太子美乃滋和麵包也很搭。
因為前世的麵包店也有賣，所以我就試做了一下。
不過由於我的內在是日本人，因此果然還是會覺得和白飯比較搭。
鱈魚子必須仰賴進口，所以製造成本很高，但這對現在的我來說不算什麼。
我以後打算繼續吃米飯，而且也不想再吃鮑麥斯特騎士領地那些乾巴巴的黑麵包。
一定就是這些因素讓我的嘴巴變挑了。
「我稍微換個話題，你今天是不是要去未開發地視察？」
「嗯，因為接下來要擴大開發特區的規模。」
我點頭回答赫爾曼哥哥的疑問。
因為是密約，所以大家都沒明講，但現在已經確定要讓科特被廢嫡，由赫爾曼哥哥繼承父親的位子。
作為協助我們的回報，赫爾曼哥哥將獲得足以讓他當上男爵的未開發地，而我也會協助他開發領地。因為這些因素，我們約好要去視察未來將成為雙方領地界線的場所。
「中央的貴族真是恐怖。即使他們在我們毫不知情的情況下擅自決定好一切，我們也不能怎麼樣。雖然我也沒無謀到與他們作對。」
「只能說我們就是活在這種世界，這才是屬於我們的常識。」
雖然布蘭塔克先生又變得不見蹤影，但他最近一直在監視科特。

之前我曾經用「瞬間移動」送他回去向布雷希洛德藩侯報告，而他當時好像拿到了通訊用的魔法道具。

這個相當於我前世的手機或行動通訊機的魔法道具，現在已經很少人會做，而且現有的道具大部分都是從遺跡裡挖掘出來的。

由於製造起來非常費工費時，大部分的成品也都被軍隊或政府機關把持，即使是地方的大貴族也很難取得。

將這種價值難以估量的東西交給布蘭塔克先生，就證明了貴族們有多麼關注鮑麥斯特騎士領地的情勢。

「包括未開發地在內，科特哥哥應該想成為這塊領地的最高權力者，並繼承領主之位吧。」

「這根本是在作夢吧……」

「只要從威爾身上榨取錢財，應該就有可能實現吧。所以現在才會變成這個樣子。」

保羅哥哥說得沒錯，多虧能依靠微量的魔力特定出對方位置的布蘭塔克先生的間諜活動，科特那邊的行動已經全部洩漏了。

三天前，似乎舉辦了一場只有主村的有力人士參加的集會。

「那場集會啊……」

「赫爾曼哥哥知道嗎？」

「保羅應該也有聽說過傳聞吧？」

「知道是知道，不過那種類似事先串通的集會，只會惹其他村落的人不高興吧。」

「唉，別這麼說，那個集會以前可是很有用的。」

在剛開始開發鮑麥斯特騎士領地時，優待本村落對強化鮑麥斯特家的勢力非常有幫助。

在這種無法期待其他地方支援的偏遠地區，如果領主家無法維持穩固的支配權，甚至可能會因為內亂而滅亡。

「只是這樣的作法已經跟不上時代。我也是在成為分家的當家後才第一次參加。我本來以為要是能稍微回應他們的陳情，應該能帶來一些利益，但那些傢伙只會提一堆無解的難題。」

原因在於出席集會的大多是老年人，以及集會本身開始變得過時。

老年人只希望優待主村的生活能持續到自己死去為止。

因此當赫爾曼哥哥提議別再對三個村落差別待遇時，他們都對這個提案嗤之以鼻。

然後在父親將許多領主的工作交給科特代為處理後，許多和他同世代的工匠們也加入了這個集會。

赫爾曼哥哥原本期待這些新世代能進行改革，但結果他們和老一輩沒什麼差別，都只執著於既得的權益，不斷提出優待主村的議案。

「科特哥哥也笑我只會提出不成熟的理想論。威爾你怎麼想？」

「短期來看對維持現狀有效，但長期下來只會緩慢造成衰退吧？」

「沒錯。我也這麼覺得。」

既然無法獨自開發未開發地，繼續增加這塊領地的人口根本是自殺行為。

這麼一來，年輕人自然會離開這塊領地，要是這時候還繼續優待主村的人……

「而且主村那些領民可能會將不好處理的次男或三男，強制推給其他村落那些只有女兒的家族。」

「那些家庭應該會拒絕吧？」

「鮑麥斯特家可能會下達強制命令。」

除此之外，為了繼續優待主村，本家還可能會收回新開墾的土地，強迫其他村落犧牲。

「再怎麼說應該都不會做到那個地步……」

「因為開墾的費用，都是由鮑麥斯特家負擔。」

「呃，可是領民們也提供了勞力……」

如果因為這樣被其他村落的領民們放棄，等他們出走後，要怎麼開發未開發地？

「所以說，他們只抱持著『只要開發未開發地，過幾代後應該能當上伯爵』這種夢想。至於具體來說有什麼計畫，我也不知道……」

「就算真的有，頂多也是從威爾身上坑錢來儲存資金吧？」

面對只有「我繼任當家後要鞏固支配權」與「將來一定要開發未開發地變成大領主」這類模糊方針的科特，赫爾曼哥哥和保羅哥哥都已經快不曉得該說什麼了。

這種夢話，隨便找個小孩子都會說。

「真虧領民們還願意跟隨他。」

「不，所以大家好像已經不理他了。」

此時布蘭塔克先生出現了。

原本在監視科特的他，似乎打算回來吃個飯休息一下。

「看來他的支持者，已經被小子搶得差不多了。」

像布蘭塔克先生這種程度的魔法師，能夠輕易用魔法消除氣息監視對方。

雖然如果對方也是專家，就很可能被發現，但科特的武藝大概只跟我差不多或是更糟。

他的部下也沒人擅長這方面的事情，所以我們輕易就能得知他們的動向。

「關於三天前的那場集會……」

之前挖角那些工匠的策略成功，現在只剩之前和我起過爭執的鐵匠有出席集會，出席的富農也不到平常的一半。

「因為突然轉為討好小子也不太恰當，而且這樣他們應該也會有罪惡感。」

「咦？所以呢？」

布蘭塔克先生不只監視，還獨自對主村的居民做了一些地下活動。

「我只是跟他們稍微說了一些『現在就連神明都還不曉得誰會繼任當家吧？不過那終究是上面那些人的問題不是嗎？就結果而言，現在還是先維持中立比較好吧。』之類的話。」

就連主村的居民，都已經發現即使勉強支援趨於劣勢的科特，也不會有什麼好處。

不過突然背叛科特也不太妥當。

他們判斷即使不露骨地換邊站，只要和科特保持距離，就等於是站在我們這一邊。

所以布蘭塔克先生隱約暗示他們如果科特被廢嫡，主村應該也會開始進行區域重劃。

「不過那傢伙應該不會把缺席集會的人視為中立，只會把他們當成背叛者吧。」

「那個男人要怎麼想，跟我無關。」

「這招真狠。」

「話是這麼說，都過三個月了。我家的領主大人和中央的大人物們，都已經等不及了。」

從那些人的角度來看，應該恨不得馬上開始開發吧，但實際在現場辛苦的是我們。所以坦白講，我倒是希望他們能再多等一會兒。

「不過今天應該就能做個了斷了。」

「那個……這是什麼意思？」

「在集會結束後，科特和外來的人接觸了。」

「外來的人？」

根據布蘭塔克先生的說法，科特晚上似乎在住家後面的森林和某人接觸。

至於布蘭塔克先生為什麼知道，好像是因為他在探測到對方後，發現對方的舉動明顯是職業冒險者。

「而且能不靠『瞬間移動』來到這裡的外地人士，就只有職業冒險者。」

「科特為什麼要和那個人接觸？」

「那還用說嗎？想必一定是被鼓吹了什麼不好的事情。那個冒險者，現在正在險峻的山中移動。」

布蘭塔克先生三天前之所以沒逮捕那名冒險者，主要是想以我的安全為優先，而且他已經通報布雷希洛德藩侯了。

「我們打算等那傢伙爬了一個月的山路精疲力竭後，在出口抓住他。而且我大概猜得到他是誰派來的。」

說到曾經試圖和科特接觸的中央貴族，應該就只有那個人的弟弟。

要是能逮到他的狐狸尾巴，布雷希洛德藩侯就能賣一個很大的人情給盧克納財務卿。

「聽起來真危險……」

「哎呀，這也是地方貴族確立主權的一環。」

「本來以為那個冒險者會協助科特進行暗殺，但他後來就直接回去了。所以最有可能的狀況是……」

按照布蘭塔克先生的說法，那個冒險者可能將委託人準備的魔法道具交給科特了。

既然那個人也已經被逼到絕境，如果想要一口氣逆轉局勢，大概也只能用那種東西了。

「意思是去視察會很危險囉？」

「或許吧，但可能性應該很低。」

雖說是透過非法手段取得的魔法道具，但也沒那麼容易獲得能夠達成目的的道具。

「我想那東西應該是來自犯罪者組織經營的黑市，如果沒花大錢委託有門路的高階幹部，應該是無法取得能夠暗殺小子的魔法道具。」

大部分都是「或許是蘊含了強大威力的魔法道具，但機率大概只有十分之一吧？」之類的東西，並以正常行情十分之一的價格便宜出售。

實際買回來用後，往往產生和說明內容完全不同的效果，或是原本打算詛咒別人，結果卻變成詛咒自己。

即使購買者想抱怨，因為對方是犯罪者組織，如果想向警備隊檢舉，就必須先托出自己購買違法物品的事實。

「簡單來講，就是外行人不會碰。而一知半解的傢伙通常都不會有好下場。」

相對地，只要透過正確的門路並支付正確的代價，就能取得在一般通路無法買到的商品。

當然還是必須花一大筆錢，這就是所謂的黑市。

「盧克納弟弟在黑市有門路嗎？」

「好像有又好像沒有……即使有官職，但也不過是個名譽男爵……」

重點在於他花了多少錢。如果想取得有一定水準的東西，至少也要五百萬分。

至於布蘭塔克先生為什麼會知道這種事情，我就先不過問了。

「如果是盧克納弟弟也能買到的魔法道具，能殺死小子的可能性應該很低。」

「換句話說，視察只是個餌囉？」

「就是這樣。我也會根據視察，另外我也找了幫手……」

就在布蘭塔克先生說完這句話的同時，屋外傳來彷彿隕石落下的聲音。

所有人急忙跑到外面確認，然後發現某人一臉從容地站在屋外的空地。

「導師？」

「先不管導師，旁邊！旁邊啊！」

也難怪保羅哥哥會感到驚訝。

因為導師的著地處旁邊，不知為何有一隻脖子被悽慘地折斷的飛龍。

除了部分山路以外，山脈是飛龍與翼龍的住處。

導師大概是請王都會用「瞬間移動」的魔導師送他到布雷希柏格，然後再用「高速飛翔」突破山脈上空。

旁邊那隻可憐的飛龍，應該是妨礙了導師的飛行路線，所以被討伐了。

「在下久違地長距離使用高速飛翔，心情正好的時候，這隻礙眼的飛龍就跑了出來，所以當然只能選擇打倒牠！接下來暫時要麻煩你們照顧，就把這當成土產收下吧！」

因為是只有脖子被折斷的飛龍，所以應該遠遠超過導師的住宿費。

「吶，威爾……」

「這位是王宮首席魔導師，阿姆斯壯子爵大人。」

「王宮魔導師這麼強啊……」

也難怪赫爾曼哥哥會驚訝。

大量棲息在山脈內的飛龍與翼龍，是君臨當地生態系頂端的存在。

當然，鮑麥斯特騎士領地的領民們，對龍來說只是無力的存在，就連山脈都不能靠近。唯一的例外只有商隊走的那條山路。

第一代鮑麥斯特家當家在移民到這裡數年後，產生了「如果討伐龍再把素材賣掉，或許能替領地帶來收入？」的念頭，然後就帶了領地內的十幾名男丁進入山脈。

結果不用說也知道，包含第一代當家在內，只有三個人回來。

在那之後，就再也沒人想靠狩獵飛龍賺錢。

「喔喔，這不是鮑麥斯特男爵的兄長大人嗎？雖然在下自認實力還不算差，但能打倒這種程度的飛龍的人，光這裡就有好幾個！」

「呃……那是指……」

我、布蘭塔克先生和露易絲。

薇爾瑪應該也能獨自打倒飛龍或翼龍，艾爾和伊娜只要兩個人一起上，就能打倒一隻翼龍。

「科特哥哥到底打算怎麼逆轉局勢啊？」

「誰知道？或許那個魔法道具非常厲害也不一定。」

「不，以科特哥哥的人脈和財力，絕對不可能弄得到那種東西！」

無論如何，這樣下去狀況也不會有變化，我們決定實施以視察的名義前往未開發地，引誘科特下手的作戰。

「話說在下還沒吃早餐呢！」

「快點準備吧。」

導師無論何時都是那個樣子。非常清楚這點的艾莉絲開始準備早餐。

導師加入後，科特起死回生的計謀就更不可能成功了。

雖然這樣我們就能放心地去視察，但此時發生了一個大問題。

「這叫『明太子美乃滋』啊！這也讓人想要大量囤積呢！」

我早上試做的明太子美乃滋，有一大半都被導師一個人吃光了。

「導師真會吃。」

「嗯！遇到對手了！」

一看見為了幫忙上菜而比較晚吃早餐的薇爾瑪大吃特吃的樣子，導師不知為何燃起了競爭意識。

「再來一碗！」

「我也要再來一碗！」

兩人一口氣消化了分量驚人的白飯、麵包、肉與蔬菜。

「我贏了。」

「唔喔喔喔——！下次我一定要贏！」

「你是小孩子啊……」

然後導師與薇爾瑪不知何時展開的大胃王比賽，最後由薇爾瑪獲得壓倒性的勝利，讓導師像個孩子般的感到懊悔。

話說正常人想和擁有英雄症候群的人比食量，本來就是有勇無謀……

＊　＊　＊

「那個……科特大人。」

「什麼事，艾克哈特？」

我總算獲得威德林他們今天要去未開發地視察的情報。

地點是在非常偏遠的地方，如果是在那裡，就能毫無後顧之憂地使用「馴龍之笛」。

這次和我同行的人，只有跟我一樣已經沒有退路的艾克哈特，以及相對年邁的四名富農。

這些都是支持威德林來之前的鮑麥斯特騎士領地的人，所有人都帶著戰時召集的武器與裝備，參加我的計畫。

起初為了祕密執行計畫，我也考慮過單獨行動，但因為我一個人無法應付未開發地的野生動物，所以只好帶艾克哈特他們一起同行。

「暗殺真的能成功嗎？」

「當然，只要有這個『馴龍之笛』。」

雖然威德林是個厲害的魔法師，但就算是他，也贏不過數量的暴力。

這個「馴龍之笛」，能叫來附近的飛龍與翼龍。

只要大量召喚住在那座山脈裡的龍，就算是威德林也不可能活下來。

「將這麼多龍從魔物領域叫出來，不會有問題嗎？」

「放心吧……至少我們不會有事。」

「呃……這表示……」

這個笨蛋還是一樣遲鈍。

不管是當鐵匠還是家臣，都只是二流。

唉，不過就是因為無能，才會為了不被我捨棄而拚命努力。

「應該會造成一定程度的損害吧。」

「怎麼這樣！」

「我說啊。如果想成就什麼特別的大事，不可能沒有任何風險吧？」

只要在這裡對威德林吹「馴龍之笛」，就會有許多龍從利庫大山脈飛過來，到時候除了威德林他們以外，應該還會有不少領民犧牲吧。

「不過我們只要活下來就贏了。」

等繼承威德林的財產後，我就要把那些討好那個臭小鬼的領民們、父親、囂張的赫爾曼和那些分家的人全部抹殺掉，讓鮑麥斯特騎士領地重新開始。

不對，是要讓這塊領地重生。

「不過我的家人……」

「那種東西，只要重新再找就行了吧？」

年老色衰失去魅力的妻子，和新鮑麥斯特騎士領地一點都不相稱。

「我和艾克哈特都還只有三十幾歲。其他人也都還不到五十歲。」

不管是我、艾克哈特還是其他人，只要配合新的統治體制另外娶個年輕老婆就行了。

孩子這種東西，再生就有了。

「艾克哈特，我覺得新的侍從長需要新的妻子。其他人也都將成為我的家臣。你們有什麼異議嗎？」

「不，我們僅聽從科特大人的命令。」

沒錯，這樣就行了。

話雖如此，在吹了「馴龍之笛」後，只有我會被保護。

要是這些傢伙運氣好活了下來，我再遵守將他們收為家臣的約定吧。

「科特大人。」

「來了嗎……」

看來勉強提早來這裡埋伏的行動沒有白費。

威德林他們似乎正在前面一面談話，一面確認土地的狀況。

隨行的都是平常那些成員……威德林到底約好要給他們什麼好處？出乎意料的是，除了像貪心的乞丐般護衛威德林的保羅等人以外，赫爾曼也和幾名侍從一起在威德林周圍保護他。

「赫爾曼大人也在。」

「來得正好。就讓那個討好弟弟的笨蛋一起死吧！」

已經沒什麼好擔憂的了。

無論是威德林、討好他的保羅和赫爾曼、混帳父親，還是愚蠢的領民們。

使用這個「馴龍之笛」淨化一切的時刻終於到了。

「那麼，要上囉。」

我含住「馴龍之笛」吹了口氣後，笛子馬上就發出陌生的旋律。音質聽起來和普通的陶笛一樣。

按照三天前在森林遇見的那個陰沉冒險者的說明，只要含住笛子輕輕吹氣，即使沒有演奏樂器的經驗，笛子也會發揮魔法道具的功能，自動演奏出旋律。

這個旋律的功能，似乎是用來讓人類判別笛子有沒有發出聲音。

據說人類的耳朵，本來聽不見能讓龍發怒的聲音。

不過這種事情根本無關緊要。

只要能殺掉那個囂張的威德林，這樣就足夠了。

「到底發生什麼事了？」

不愧是群一流的魔法師和冒險者。

威德林他們因為陶笛的聲音而發現了我們的存在。

不過已經太遲了。

因為龍應該已經朝這裡過來了。

「嗯——是召喚某樣東西的笛子嗎？」

布雷希洛德藩侯的走狗，在聽見我吹的「馴龍之笛」的音色後如此低喃。

「布蘭塔克大人，那該不會是『馴龍之笛』吧？」

「那種東西應該沒那麼容易取得。我想應該是呼喚其他東西的魔法道具。」

一個穿著紫色長袍的巨漢，似乎發現了這個魔法道具的真面目。

不過愚蠢的布雷希洛德藩侯的走狗否定了他的推測。

自以為聰明的笨蛋真是太可笑了。

你們就這樣因為判斷錯誤，被龍群撕裂吃掉吧。

「喂，那是什麼？」

似乎是威德林側室候補的小鬼頭好像發現了什麼，用手指向天空。

大概是住在山裡的龍被這個笛子叫過來了吧。

你們的命，就到今天為止了！

被龍群襲擊的威德林他們，將寡不敵眾地被吃掉，愚蠢的領民們和他們的家人也跟著崩潰。

不過之後復興這個鮑麥斯特騎士領地的我，將被當成中興之祖頌揚。

至少也能當上伯爵，我將在廣大的領地被許多新領民與包含側室在內的眾多年輕妻子包圍，每天過著與貴族相符的奢侈生活。

然後布雷希洛德藩侯和中央的貴族們也會對我另眼相待。

你們全都為了我去死吧！

「那個，科特大人……」

怎麼了？難得我笛子吹得正高興，居然有笨蛋敢來妨礙我。

這個愚蠢的艾克哈特還是一樣沒用。

「那好像不是龍？」

什麼？

明明是呼喚龍的笛子，結果來的東西居然不是龍，讓艾克哈特和其他人也跟著開始騷動。

覺得難以置信的我看向空中，發現某種類似黑煙的東西正從四面八方朝這裡聚集。

那個黑色的煙是什麼？

「科特大人……」

笛聲將廣範圍內的那個像黑煙的東西都聚集過來。

構成黑煙的內容物，小的如石子，大的如拳頭。

不過數量非比尋常，並宛如雲霞般群起朝這裡逼近。

「還是別再繼續吹笛子比較好……」

說什麼蠢話，就算不是龍，那個不祥的東西應該還是能確實殺死威德林。最重要的是，那個黑煙不會傷害我。

而且你們看！威德林看起來慌張得不得了。

我發現威德林他們正因為那團逐漸聚集起來的黑煙，慌張地進入備戰狀態。

這表示這東西就是如此危險。

「科特大人！再這樣下去！」

「這是什麼？」

我本來命令艾克哈特他們在我吹笛子的期間保護我，但那些傢伙終究是卑賤的平民。一看見黑煙，就開始怕得逃跑。

不過最後還是被朝這裡逼近的黑煙逮到，整個身體都被包住。

「科特大人——！」

「救命啊——！」

聽見艾克哈特他們的慘叫後，我確信這個笛子對威德林也有用。

難得我說要讓他們成為我的家臣，結果那些笨蛋居然怕得逃跑了，不過用自己的身體證明那個黑煙的功效，還是值得誇獎。

等我成為伯爵之後，會幫你們蓋個好墳墓，所以就安心成佛吧。

只要讓這個黑煙攻擊威德林他們，直到他們的魔力耗盡……

就算是威德林，也無法抵抗數量的暴力。

儘管這並非馴龍之笛，但依然是個有用的魔法道具，所以我就先不計較了。

就這樣接著攻擊威德林他們吧！

我繼續吹氣，讓笛子發出更大的聲音。

往天空一看，就會發現黑煙繼續從周圍朝這裡聚集，感覺就像有一群蝗蟲朝這裡逼近。

艾克哈特他們已經死了嗎？

襲擊他們的黑煙已經從目標身上離開，和新聚集的黑煙會合，宛如龍捲風般聚集在我周圍。

我正好就在黑色龍捲風的正中心，所以完全沒受到影響。

另一方面，威德林他們正拚命用魔法持續防禦黑煙。

……看來似乎是死了。

包含艾克哈特在內的五個人，都已經死了。

他們動也不動，皮膚也變得毫無生氣。

這個黑煙到底是什麼？唉，反正能用就好了。

就在我心想接下來該輪到威德林他們時，我看見艾克哈特等人的屍體手腳開始動了起來。

他們其實還活著嗎？

艾克哈特他們一開始還只有四肢像蟲一樣蠕動，但馬上就緩緩起身，將臉轉向這裡。
原來還活著啊。那就收你們當家臣吧。
不過在看見從地上爬起來的艾克哈特他們的臉後，我察覺狀況明顯有異。
他們的眼神渙散，口水和鼻水流個不停。
甚至好像連屎尿都流出來了，周圍開始逐漸飄盪著討厭的臭味。
「食物！」
「肉──！」
啊？你們到底怎麼了？
五人都踩著不穩的步伐朝我逼近。
而且還把人當成食物……稍微混亂了一下後，我想起一件事。
「鮑麥斯特家諸侯軍的戰死者，幾乎都變成了殭屍。」
威德林一開始以冒險者身分來這裡的理由，就是為了淨化那些在魔之森變成不死族的遠征軍戰死者。
「人類在變成殭屍後，似乎只剩下食慾會變得特別強烈。幸好有早點討伐他們。」
父親事後有將威德林報告的內容轉述給我聽。
其中也有提到關於殭屍的生態，不過明明就算吃東西也無法化為營養，那些傢伙還是不斷追求食物，偶爾甚至會吃自己的同類。

已經死掉的艾克哈特他們突然起身，一面喊著「食物」，一面朝我逼近。

換句話說，他們在被黑煙殺掉後變成殭屍，並打算吃掉我。

笨蛋！快住手！

我連忙想命令他們住手，但這才想起我正在吹笛子。

試著將嘴巴從笛子上移開之際，我發現了一個不得了的事實。

我的嘴巴離不開笛子。

放在笛子上的雙手也同樣無法移開，即使想停止吹氣暫停演奏，笛聲還是沒有中斷。

因為是魔法道具嗎？

該不會只要一對笛子吹氣，在達成目的前，笛聲都不會停止吧……

一想到這裡，我便感覺到一股劇痛。

「肉——！」

變成殭屍的艾克哈特他們，咬住了我的手、腳和脖子。

喂！放開我！居然敢傷害下任當家！你們不怕被判死刑嗎！

殭屍們沒有停止啃食我的身體，他們毫不留情地撕裂我身上的肉，讓我痛得倒下。

總之必須逃跑……

不過身體已經使不出力氣。

就算想逃，周圍也被龍捲風狀的黑煙包圍。

原來如此，這個笛子雖然會殺害目標，但相對地也會奪走我的性命。

所以我才說中央的貴族靠不住！可惡！我的夢想！我的希望啊！

我要利用威德林的遺產，成為鮑麥斯特騎士領地的中興之祖。

我感覺自己聽見了這個夢想破碎的聲音。

既然如此，我要盡可能多拉一點人陪葬。

去死吧，威德林！去死吧，赫爾曼！去死吧，保羅！

我在人生的最後看見的，是殭屍化的艾克哈特準備咬我脖子要害的大嘴。

第四話　怨恨之笛

「裡面到底發生了什麼事？」

「誰知道？不過一定不是什麼好事。」

為了讓從那個盧克納弟弟那裡取得魔法道具的科特自己失控，我們刻意前往未開發地視察。

雖然原本就有舉辦一次視察的必要。

除了現在的鮑麥斯特騎士領地之外，未來還要再加上獨立後的保羅哥哥的準男爵領地，以及預定大部分都要分給我的伯爵領地。

雖然這些領地的邊界現在還只是單純的平原，但為了避免將來發生與領地界線有關的爭議，還是必須好好區隔開來。

不過這些事其實沒必要在今天做，所以我們最大的目的，果然還是誘導科特失控。

「看來他確實躲在這裡。」

科特和鐵匠艾克哈特與僅存的少數支持者帶著武器，趁天還沒亮時偷偷離開領地，前往我們預定視察的地方。

只要有布蘭塔克先生在，這些行動根本就瞞不過我們。

我們抵達預定視察的地點後，馬上就發現有六個人躲在不遠的樹叢內，在搜尋我們的行蹤。

就在我們準備看他要怎麼出招時，從他們的所在地傳來一陣類似陶笛聲的演奏。

我們才剛聽見陶笛的聲音，周圍的地面就開始噴出黑煙，然後那些煙變得像龍捲風般，包圍住科特他們所在的樹叢。

「他們突然自爆了？」

「不知道，應該不會剛好發生對我們這麼有利的事情吧。雖然我也不知道他們是否平安無事。」

看來就跟颱風眼一樣，龍捲風的中心地帶不會受到黑煙的影響。

不過只有科特一個人是如此。

或許是受到黑煙的影響，我們馬上就聽見艾克哈特他們的慘叫聲。

至於我們為什麼知道，那是因為陶笛的聲音沒有停止。考慮到科特的性格，他不可能把王牌的魔法道具交給別人使用。

「只有自己平安無事，其他人都被捨棄了啊。真是殘酷。」

我開始有點同情艾克哈特他們。

「真的是典型的用過即丟呢。不愧是小角色。」

布蘭塔克先生對科特的評價也很嚴厲。

不過他在冒險者時代，似乎也遇過不少這種人，所以並沒有什麼特別的感想。

而且科特自己也沒平安多久，我們馬上就聽見另一道慘叫聲。聽起來只有一個人，如果沒聽錯的話，那應該就是科特的聲音。雖然我也不能百分之百篤定啦。

「我大概了解那是什麼魔法道具了。對盧克納弟弟來說，科特果然只是用過即丟的道具。」

看來那個黑煙是只要摸到就會很危險的東西。

遠方又開始大量湧出看似黑煙的東西，我們為了保護自己，和布蘭塔克先生一起展開「魔法障壁」。

來參加視察的所有人，都急忙躲進「魔法障壁」裡。

「這是蟲嗎？」

「不，是將怨念形體化後的東西。」

這方面的專家艾莉絲，回答艾爾的疑問。

「咦？怨念會形體化嗎？」

「只能說應該是那個笛子的力量。正常來講是不可能的。」

艾莉絲有點曖昧地回答伊娜的疑問。即使是她，對魔法道具也沒那麼熟悉。

「吶，導師知道那是什麼嗎？」

「那大概是『怨恨之笛』。」

「『怨恨之笛』？」

令人意外的是，導師居然知道科特吹的魔法道具是什麼。

這個人好歹也是個偉大的魔法師……雖然平常看起來一點都不像。

「『怨恨之笛』是古代製造來復仇用的魔法道具。」

透過本人的怨念，以及笛子從周圍聚集的怨念，將自己化身為強大的不死族殺死目標。

因為這個魔法道具是用來對付不惜犧牲自己，也要確實殺害的對象，所以儘管不及「馴龍之笛」，在王國也被視為危險的魔法道具。

「這表示那個也是從黑市取得的嗎？」

「因為『怨恨之笛』比『馴龍之笛』還要容易取得。不過也只是相對來說而已……」

若使用「馴龍之笛」，在最壞的情況下，可能會害一座城市毀滅。

不過若是「怨恨之笛」，除了目標個人以外，通常頂多再波及幾個人。

所以對王國來說哪個比較危險，可以說是一目了然。

「無論如何，目標都是我吧？」

「啊哈哈，這怨念實體化後真是驚人！看來鮑麥斯特男爵相當遭人怨恨呢！」

「那個……這一點都不好笑……」

黑煙依然從周圍朝這裡聚集，並以科特為中心，形成一個直徑約五十公尺，高度約一百公尺的巨大龍捲風。

由於這景象實在太過驚人，我們連忙往後退。

「舅舅，根據我以前看過的書上的記載，那龍捲風應該沒這麼大才對……」

「有幾個可能的原因……」

首先是這個未開發地是非常開闊的土地。

再來就是怨念這種東西，似乎相對比較容易產生。

例如植物或昆蟲被經過的鹿踩死，兔子被野狼狩獵，熊掉進河裡淹死，或是小孩還沒長大就死掉等等。

即使是人類社會，也會有被上司責備，或是在日常生活中發生有點討厭的事情等狀況。

就算程度輕微，也會沉積在周圍的土地裡。

「不過就像水會蒸發一樣，怨念也會隨著時間經過消失。」

雖然在正常的地方是如此，但若是在所謂「不太好的土地」，累積的怨念甚至會為土地利用者帶來禍害。

就像王都的瑕疵屋那樣，如果出現被殺害後殘留強大恨意的惡靈，那個地方的怨念就會被強化，變成惡靈的能量來源。

「總而言之，那個男人的怨念出乎意料地強，以此為基點，未開發地中的大量怨念都聚集過來了！」

在未開發地，幾乎沒有無奈地被悽慘殺害的人。雖然魔之森以前有，但都已經被淨化。

即使一個地方能聚集的怨念量不多，但由於未開發地非常廣大，因此還是會積少成多。

「意思是必須讓威爾的哥哥停止吹笛子才行囉？」

「與其說是阻止他，不如說只剩下破壞魔法道具或破壞使用者這兩個選項！」

「咦，這是什麼意思？」

導師說要破壞科特，而不是殺掉，似乎讓艾爾覺得有點奇怪。

「艾爾文少年，你以為鮑麥斯特男爵和布蘭塔克大人為什麼要立刻張開『魔法障壁』？一般人的身體碰到那種濃度的怨念，根本就難逃一死！」

導師很確定地告訴艾爾，科特不可能還活著。

怨念是負的要素，雖然少量時不會造成太大的影響，但大量的怨念會讓生物生病，或甚至導致死亡。

「正常人應該瞬間就發狂了。不然就是身體的機能在短時間內停止……」

艾莉絲愧疚地看著我說道。

簡單來講，科特和他的部下們很可能已經死了。

「艾莉絲不需要在意這種事。雖然這麼說不太好，但他們是自作自受。」

他們打從心底希望我死，之前不僅不斷找我麻煩，最後甚至還企圖暗殺我。

而且反正就算科特還活著，最後也不會有什麼好下場。

為了杜絕後患，布雷希洛德藩侯和中央的貴族們不可能讓科特活著。

「艾莉絲不用在意。這是我期望的結局。」

我原本就不認為自己救得了他。我因為愛惜自己，容許了科特的死。

「不，身為威德林大人的妻子，我也要一起背負。因為我們是夫妻啊。」

「艾莉絲……」

這份心意，讓我高興地握住她的雙手凝視著她。

「咳！這種事情拜託你們晚點再做，話說為什麼那個笛子還一直發出聲音啊？」

難得氣氛正好，伊娜的話又將我拉回了現實。

「很簡單，因為那是魔法道具！」

導師迅速回答伊娜的問題。

「雖然外表只是個陶笛，但那可是魔法道具！換句話說，只要吹過一次加以啟動，除非成功殺害被啟動者當成目標的人，否則那個笛聲都不會停！」

感覺這曲子好像在哪裡聽過，不過持續朝周圍擴散的陶笛聲，真的完全沒有停止的跡象。

「咦？會持續到被啟動者當成目標的人死去為止？可是威爾的哥哥已經死了吧？」

我對露易絲的疑問也有同感。

明明科特已經死了，為什麼笛子聚集的怨念還是把我當成目標。

「答案是操縱怨念集合體的存在——笛子的啟動者已經變成不死族了。小子，要淨化這個可不容易啊。」

將精神集中在展開「魔法障壁」的布蘭塔克先生，通知大家那個巨大的黑色龍捲風產生了變化。

我看向龍捲風，發現那裡站了一個由黑煙構成、身高約五十公尺的巨人。

「怨念的集合體……」

「小子，你看那個巨人胸口的部分。」

我按照布蘭塔克先生的指示看向那裡，發現皮膚變成燒焦的褐色、已經化為殭屍的科特身體就埋在巨人裡面。

科特嘴裡依然含著陶笛，那裡持續傳出之前的旋律。

仔細一看，他的脖子和部分手腳看起來都被咬掉了，傷口也變成深黑色。

「看來是他的部下先變成殭屍，然後把他咬死了。死後變成殭屍的他，就這樣被當成那個黑色巨人的核心。這魔法道具真是殘忍。」

的確，如果是我，無論被逼到什麼樣的絕境，都不想使用這種魔法道具。

而且科特的部下們在變成殭屍後，果然也像是裝飾品般，被埋在黑色巨人的身體與四肢裡。

「該怎麼說，第一次看見這種不死族呢！」

雖然核心是科特的殭屍，但也包含了其他五隻殭屍，此外這個神祕巨人，絕大部分都是由黑煙狀的怨念構成。

這樣的東西，到底該被歸類為哪種不死族？

「真噁心。這種即使打倒也拿不到肉的東西，應該盡快打倒。」

不過這對薇爾瑪來說，似乎只是無關緊要的事情。

如果是能吃的野生動物或魔物，那還有打倒的價值，但這種不能吃的不死族，就應該盡快消滅掉。

她抓著我的長袍衣襬，催促我快點打倒那個巨人。

「不過看起來好像很強？」

區區盧克納弟弟也能取得的魔法道具，應該沒什麼大不了的。要是能趁這個機會，誘導科特自己失控就好了。

雖然我們原本是這麼想的，但包含六隻殭屍的黑煙巨人看起來實在太過不祥，就連布蘭塔克先生都驚訝得說不出話來。

「布蘭塔克先生？」

「啊……看來科特真的非常恨你呢。」

「現在說這個也太晚了吧。」

雖然完全是對方的一廂情願，但他因為抑鬱而產生的怨念，似乎變得非常不得了。

從科特的角度來看，我光是出生在這個世界上就是件壞事。

而且我明明可以乖乖過著簡樸的生活，卻偏偏要擊敗龍變成貴族，站在科特的立場，他應該無法容許這種事吧。

畢竟他可是繼承人兼長男，他應該認為我只要乖乖把錢交出來，當他的奴隸就行了。

科特完全只想到自己，所以覺得像我這種不符合他心意的存在，還是殺掉比較好。

我沒有聖人君子到可以只因為對方是自己的親生哥哥，就容忍抱持這種想法的傢伙。

「那該怎麼辦？」

「怎麼辦啊……」

那個黑煙巨人，吸收了「怨恨之笛」的聲音能抵達的範圍內的所有未開發地的怨念，他很快就發現我這個目標，連續朝我揮出拳頭。

不過在我和布蘭塔克先生共同展開的「魔法障壁」阻擋下，他的拳頭完全沒發揮任何效果。

即使如此，他還是不斷揮舞雙手，「魔法障壁」也隨著那些衝擊持續發出響亮的碰撞聲，讓人在精神上覺得有點恐怖。

這也是理所當然。

雖說有「魔法障壁」的保護，但眼前可是有個全長約五十公尺的巨人，不斷朝這裡揮出巨大的拳頭。

「那就輪到在下出馬了！要是鮑麥斯特男爵發生了什麼事，陛下也會很難過！所以就先交給在下吧！」

導師本來就是來保護我的，所以這樣理論上並沒有錯。

不過考慮到導師的魔法特性，對那個黑煙的巨人應該沒什麼效果。

「就用在下平常不會用到的魔法來收拾他吧！」

說完後，導師開始讓魔力同調，穿過我和布蘭塔克先生展開的「魔法障壁」，然後使用「身體能力強化」的魔法。

黑煙巨人打算先收拾走出「魔法障壁」的導師，從他的頭頂揮下拳頭。

儘管那拳擁有足以將普通人打扁的威力，但被導師以單人用的「魔法障壁」擋了下來。

「導師也會用『魔法障壁』啊。」

「喂喂喂，那個人可是王宮首席魔導師啊！」

艾爾以前似乎從來沒聽說過導師會用「魔法障壁」。

不過為了導師的名譽著想，我得先說明清楚，雖然他不像我和布蘭塔克先生那樣，會使用能同時保護許多人的半圓形「魔法障壁」，但這並不表示他不會使用「魔法障壁」。

「某方面來說，他的魔法全都是偏向個人戰。」

「這樣啊……」

因此以前才會有人認為比起導師，應該讓師傅擔任王宮首席魔導師。

不過從導師對魔法道具的了解來看，就算讓他擔任王宮首席魔導師也沒什麼問題。

要是真的發生戰爭，像他這種魔法攻擊力強到能無情虐殺敵軍的人，也稱得上適任。

「其他的魔法要耗費大量魔力！因此在下要以熾烈的火柱，將敵人燒得一乾二淨！」

導師將指尖對準巨人，接著巨人的腳底突然竄出巨大的火柱，將巨人的身體完全包圍。

「看來成果很不錯！『Burst Great Rising』！」

「Burst Great Rising」就跟眼前的景象一樣，是在目標腳底升起一道高溫的巨大火柱的魔法。

威力強到足以將普通人燒得連灰都不剩。雖然這可以說是原創魔法，但也可以說不是。即使有很多魔法師都會使用以火柱包圍目標的魔法，但只有導師將這招取名為「Burst Great Rising」，而能夠發出高達一百公尺的火柱的人，果然也只有導師。

「真厲害的魔法。」

「不愧是舅舅。」

巨大的火柱包圍黑煙巨人並不斷灼燒他，露易絲和艾莉絲在看見導師的實力後都表示佩服，但布蘭塔克先生表情微妙地搖頭。

其實我也一樣。

雖然我也覺得「Burst Great Rising」本身是很強的魔法……

然後伊娜也跟我們發現了一樣的事情。

「吶，威爾。」

「嗯，什麼事？」

「我不會用魔法，所以不太清楚，不過那個黑色巨人是不死族吧？那不是必須用聖魔法淨化嗎？」

「是這樣沒錯。」

如果是像殭屍那樣雖然腐壞但還有身體的不死族也就算了，用火系統的魔法攻擊身體大半由黑煙狀的怨念構成的巨人，根本就不可能有用。

「舅舅應該是瞄準那個操縱黑色巨人的殭屍吧？」

看來艾莉絲並沒有遺漏大部分的不死族，只能靠聖魔法打倒的事實。

她推測因為對手的身體非常龐大，所以導師或許是想先打倒控制黑色巨人的科特的殭屍。

原來如此，那樣的確比較有效率。

不過火柱消失後，黑煙巨人依然以相同的姿勢站著，位於胸口的科特激動地吼叫。

此外他現在已經不是殭屍，而是進化成幽魂。

「喔喔！即使被業火燒灼，他還是因為對鮑麥斯特男爵的憤怒而無法成佛！」

就連導師都對科特的執著感到驚訝。

畢竟埋在巨人身體裡的其他五個人，都已經不見蹤影。

他們已經跟不上科特，先前往那個世界了。

「殺掉！威德林！」

「唔哇……他真的好恨威爾喔。」

「有一半以上是因為他自己太固執了！」

「要是我也丟下其他哥哥，自己繼承家門，或許也會招致這種程度的怨恨。雖然這種事情不可能發生。」

能不能繼承爵位和領地。這樣的差異，經常引發暗殺事件，被哥哥們疏遠的艾爾，也無法認為事不關己。

不過科特的情形是只要什麼都不做，就能當上領主，所以他的怨恨一點都不合理。

中心部分變成科特幽魂的黑煙巨人，怨恨似乎又變得更強，他胡亂地揮舞手臂，持續攻擊我們。

雖然攻擊本身全都被布蘭塔克先生的「魔法障壁」擋了下來，但巨人朝自己揮拳的景象對心臟實在不太好。

「啊——小子，快點淨化他。」

布蘭塔克先生催促我快點淨化巨人。

「我知道了。艾莉絲，來幫我。」

「好的，威德林大人。」

我和艾莉絲同時開始準備聖魔法。

這是將在魔之森用過的廣範圍淨化魔法的範圍縮小，藉此提升威力的魔法。

我們打算重疊使用同系統的魔法，將巨人徹底淨化。

萬一失敗會很麻煩，所以還是一開始就使出全力比較好。

「威德林！去死——！」

巨人已經完全失去理性，發狂般的持續朝我們揮拳，要是讓他在其他地方搗亂也很麻煩。

若不小心讓他跑到鮑麥斯特騎士領地，甚至有可能會害領民們被全部殺光。

「唉，雖然看起來是不必擔心他會逃跑。」

明明攻擊全被布蘭塔克先生的「魔法障壁」擋了下來，黑煙巨人還是完全沒想其他的方法，只會像個瘋子般持續揮舞雙拳。

「原來如此，復仇用的魔法道具啊……幸好我不是他的目標……」

「我也這麼覺得……」

「不過這怨恨實在太沒道理了……」

「明明科特哥哥只要什麼都不做，就能正常地繼承鮑麥斯特騎士領地……」

比起科特悲慘的死狀，赫爾曼哥哥和保羅哥哥似乎更害怕發狂般的揮舞雙拳的黑色巨人。

畢竟要是他們自己被這種巨人盯上，根本就不可能活下來。

即使兩人的武藝還算優秀，也無法逃離巨人不合常理的暴力。

看來這個復仇用的魔法道具，確實有犧牲自己的價值。只是在用來對付魔法師時，還是有破綻。

「雖然要是沒有聖魔法就沒救了。」

「沒錯。即使防禦得了攻擊，如果不會聖魔法，還是無法打倒黑色巨人。即使展開『魔法障壁』，等魔力耗盡後就完蛋了。」

考慮到只要使用就能確實殺害大部分的人，這個「怨恨之笛」的確是應該要被禁止的魔法道具。

對不負責任地送這種東西給別人的盧克納弟弟，我和布蘭塔克先生只有滿腔的憤怒。

「所以導師主要是想替我們爭取時間嗎？」

「大概吧……不過他也可能真的是想自己打倒那個巨人……」

「不，如果不會用聖魔法，應該不可能吧！」

我和艾莉絲開始累積聖魔法的威力，布蘭塔克先生展開「魔法障壁」保護大家。

在這段期間，只有導師一個人施展單人用的「魔法障壁」和「身體能力強化」，透過「高速飛翔」在黑煙巨人周圍飛來飛去，持續對巨人施放火系統的「高集束彈」。

「喔喔！他的技術真是高超！雖然我早就知道了！」

儘管布蘭塔克先生稱讚導師的技巧，但「高集束彈」就算打中巨人，也只能暫時在他身上開個洞，之後馬上又會被黑煙填補起來。

果然只有聖魔法對他有效。

「導師會用聖魔法嗎……」

「我從來沒看過呢。」

在王都修行時，我和露易絲都沒看過導師使用聖魔法。

導師曾經說過自己雖然會使用聖魔法，但由於威力極低，因此還是別用比較好。

「該不會他其實會使用威力強大的聖魔法，只是騙我們而已？」

「隱瞞這種事沒什麼意義吧？考慮到導師的個性，他反而會用斯巴達的方式逼我們學。」

「說得也是……」

就在露易絲合理地反駁我時，我和艾莉絲已經準備好施展高出力的聖魔法。

首先讓艾莉絲發動效果限定在黑煙巨人站的地方和周圍附近的淨化魔法。

在淨化的藍白色光芒照耀下，構成黑色巨人的黑煙逐漸像融化般被消除，讓他的身體愈變愈小。

埋在胸口的科特幽魂，也像是被硫酸灑到般發出慘叫與白煙。

「上吧！小子！」

「好的！」

接著我也在同樣的範圍內重疊施展相同的魔法。

威力變得更強的藍白色光芒，以更快的速度淨化黑煙，就在看起來再過幾分鐘巨人就會完全消失時，科特的幽魂發出慘叫，開始做最後的抵抗。

「威德林——！」

「怨恨之笛」的聲音又變得更大，黑煙又開始慢慢從周圍聚集。

「還來啊！」

「因為怨念無所不在啊。」

雖然數量極度稀少，但無論哪個土地都有怨念，由於從廣範圍蒐集怨念，巨人的身體已經開始停止變小。

這麼一來，就只能比是我們的魔力先耗盡，還是科特的幽魂先變得無法蒐集怨念然後消滅。

完全只能比耐力。

「小子，沒問題吧？」

「我是沒什麼問題……」

艾莉絲的魔力只有中級偏上，應該再過幾分鐘就會到達極限。

基於之前的經驗，艾莉絲事先在戒指上的預備魔晶石內儲存了魔力，但即使加上那些魔力，也只能多撐個幾分鐘，一旦艾莉絲的魔力耗盡，黑色巨人有可能會再變回原本的尺寸。

「咦？這樣好像有點不妙？」

「嗯，很不妙呢。」

如果巨人沒在我的魔力耗盡前消失，我們這邊就只剩下展開「魔法障壁」的布蘭塔克先生能使用魔法。

他不會使用聖魔法，所以只能不斷防禦。

「不妙啊……導師！」

「什麼事？布蘭塔克先生大人。」

布蘭塔克先生大聲向在巨人周圍飛行，並持續進行牽制的導師說明目前的狀況。

「原來如此，選擇這個開闊的未開發地，反而成了敗筆。」

「即使地形開闊，怨念這種東西有辦法聚集得這麼快嗎？」

「正常來講不會，不過聚集怨念的人恨意愈深，速度就愈快。」

少量的怨念平常是透明的，無論人類還是動物都看不見。

不過被「怨恨之笛」呼喚過來時，從一開始就是能對人類造成影響的黑煙狀。

「這麼深的怨恨……看來這個未開發地是塊不祥的土地，不然就是魔之森的怨念也被聚集過來了！」

這麼說來，以前探索未開發地時，我也曾發現過變成野生動物墳場的地方，或是明明有水源並照得到太陽，但還是沒長任何植物的地方。

這類場所，應該都累積了大量的怨念。

「怨恨會像利息一樣愈滾愈大！」

「比喻得真好。」

即使完全是對方單方面找碴，但看來科特對我的怨恨真的相當深。

「那麼，該怎麼辦才好？」

「在下不擅長幫別人補充魔力！」

果然「魔力補充」需要特別的才能，導師斷定自己無法使用。

「那怎麼辦？」

「很簡單！只要在下使用聖魔法就行了！」

「咦？導師有辦法正常使用聖魔法嗎？」

真是令人震撼的事實。

究極的戰鬥機器、幾乎只會使用威力強大但只能對單人使用的魔法的導師，以前曾經說過自己不擅長使用聖魔法。

「哎呀，因為在四十幾年的人生中，在下只有在很短的一段期間內，曾經嘗試過聖魔法！」

由於當時他只發出弱到被人看見會很丟臉的聖光，所以就放棄繼續訓練。

「那個……導師。」

布蘭塔克先生代替包含我在內，已經徹底沒力的大家出言抗議。

「這表示之前完全不行，現在也不曉得能不能正常施展吧……而且聖魔法這種東西就算會用，還是要花時間習慣。」

因為原本的熟練度就很低，就算會用，也不可能馬上就施展出可以對付黑色巨人的聖魔法。所以導師的作戰只能說是有勇無謀。

「在最壞的情況，還是暫時撤退比較好。」

「不，這樣不行。」

「赫爾曼大人，就算你這麼說……」

雖然可能會出現犧牲者，但現在還是應該暫時撤退，等魔力回復後再回來挑戰。

或許這才是最現實的作戰。

不過考慮到對鮑麥斯特騎士領地造成的犧牲，站在赫爾曼哥哥的立場，他也只能出言反對。

「只要在下成功施展出聖魔法就行了！鮑麥斯特男爵！把艾弗烈留下來的書借在下看！」

「也只能先這樣了……」

我朝伊娜點頭，她從我的魔法袋裡拿出師傅送我的書，扔給導師。

導師接住後，開始浮在空中閱讀聖魔法的項目。

「原來如此，不愧是艾弗烈。真是淺顯易懂！」

「真的假的……」

我聽著艾爾的吐槽，同時再次看向導師，然後發現他在上空做出用力的動作。

「他腦袋的血管該不會爆了吧？」

雖然艾爾又說了過分的話，但我也覺得那個樣子像是在讓血壓上升。

「好像不行呢。」

約三十秒後，就在布蘭塔克先生準備放棄時，導師的狀態出現變化。

導師往前伸出的雙手，開始發出藍白色的光芒，接著他的手掌射出由聖光構成的魔法箭。

「那姑且算是真正的聖魔法呢。」

布蘭塔克先生也確認導師發出了真正的聖光，但他的表情更接近傻眼。

因為……

「好小！而且好慢！」

儘管導師之前鼓起了相當的幹勁，但那支聖光箭只有小黃瓜那麼大，而且速度也和人類步行的速度差不多。

從導師雙手放出的聖光箭，緩緩命中巨人，然後在淨化了一點點的黑煙後消失。

坦白講，離那裡有段距離的我們，甚至無法確認是否真的有黑煙消失。

「威爾，你覺得有效嗎？」

「有點微妙呢……」

雖然伊娜這麼問，但不管怎麼看，黑色巨人的體積都沒有減少。

因為姑且還是有發動成功，所以就當成有安慰程度的效果吧。

「導師……」

「隔了二十年再重新嘗試後，威力變得比以前更強了！這是個好機會！」

「喂……」

就在所有人再次變得沒力，布蘭塔克先生準備冷靜吐槽的時候，導師毫不在意地繼續鼓起幹勁，連續發射聖光箭。

然而不管被射中幾支，巨人都毫不在意地專心回復自己。

大概是完全沒將導師視為威脅吧。導師就這樣被徹底無視。

「那個人真是有自信……」

無視艾爾摻雜諷刺的低喃，以及布蘭塔克先生冷淡的視線，導師不斷發射小黃瓜大小的聖光箭。

無論命中幾發，黑色巨人都沒有明顯的變化。和對手的大小相比，導師的聖光箭威力實在太低了。

「導師，這樣太浪費魔力了。」

考慮到在最壞的情況下可能得撤退，站在布蘭塔克先生的立場，他應該希望導師能多保留一點魔力。

他委婉提醒導師就算繼續做這種事也沒用。

「呃，不過……要是不能把那個黑色巨人擋在這裡……」

看來導師的意見也和赫爾曼哥哥一樣。他認為要是不在這裡收拾掉黑色巨人，就會為鮑麥斯特騎士領地帶來巨大的損害。

「威爾，你有什麼對策嗎？」

「對策啊……」

雖然露易絲說得好像很簡單，但魔法師在學會魔法時，會大大受到自己的想像力和感覺影響。即使將我使用魔法的方法告訴導師，也不曉得會不會有效。

「露易絲，妳應該學過魔法就等於使用者本人的個性吧？」

「個性啊……那導師的個性是什麼？」

從導師的戰法來看，這種用魔法將自己的戰鬥能力提升到極限，然後獨自作戰的方式，可以說是究極的魔法鬥士。總之就是偏向直接毆打對手，所以相對不擅長放出系的魔法，蛇形的「高集束彈」主要是用來牽制對手。

雖說不擅長，但魔力量到了導師那個等級後，威力還是強到一般的中級魔法師完全無法應付。

在這樣的前提下，我覺得導師將聖光化為箭矢射出，本身就是個錯誤的作法。

「問題應該是出在勉強化為箭矢射出去吧？」

「喔喔！雖然是在下的弟子，但這個意見真是不錯！在下馬上試試看！」

「那個……導師？」

我明明只是自言自語，但導師聽見後，馬上重新鼓起幹勁。

他讓燃燒自己魔力產生的聖光，包覆在身上後循環。大概是不斷重複這樣的印象。藍白色的火焰，開始逐漸纏繞在導師的身體周圍。

「雖然好像突然變厲害了，但看起來好詭異！」

露易絲說得沒錯。儘管那散發藍白色光芒的火焰無疑是聖魔法，但能將聖魔法化為火焰的，一定只有導師。

「嗯……看來還是不放出聖光，威力會比較強！既然如此！」

發現自己聖魔法特性的導師，再次提升纏繞在身上的聖光強度，然後就這樣以直接抱住巨人身體的方式，展開魯莽的攻擊。

「喂……直接碰觸實體化的怨念，可是會死掉啊……」

「不如說為什麼不直接用揍的……」

「就算是這樣，也會因為拳頭直接碰到怨念死掉吧。」

「……」

導師以聖光為障壁，直接燒灼巨人的身體。

雖然這是最有效率的方法，但要是一個不小心讓威力下降，馬上就會因為身體直接碰觸黑煙而死亡，所以實在不是值得推薦的戰鬥方式。

我完全不想用，而且沒實驗過就直接使用也太危險了。

「不過為什麼要用這麼具攻擊性的方式？」

「我光是想到要抱住不死族，就已經受不了了。」

「說得也是……」

「就算是我，也無法接受那種戰鬥方式……」

導師魯莽的舉動讓布蘭塔克先生看得傻眼，我和艾莉絲也表示贊同。

聖魔法基本上是用來對付不死族的系統魔法，根本不會有人想到要直接毆打殭屍或幽魂，遑論直接抱住對方。

所以直接發出聖光，或是淨化特定區域的魔法才會這麼發達。

導師在學習聖魔法時會陷入苦戰，甚至被迫暫時放棄，也是因為這個原因。

「就用這個三人同時施展的聖魔法，讓你下地獄吧！」

「那個，舅舅……這時候應該要說『請懺悔自己做的壞事升天，下次重生後再悔改』……」

雖然對艾莉絲來說，導師在魔法方面是值得尊敬的舅舅，但在對神明的信仰心方面，就不怎麼值得稱讚了。

從導師的歲數來看，既然有二十年以上沒再度嘗試過聖魔法，就表示他明顯不想和教會扯上關係。

雖然教會總是對能使用聖魔法的魔法師糾纏不休，但我不覺得那個導師會坦率回應。

「威德林——！」

「一想到在下死後，要被這種傢伙擺出前輩嘴臉，就讓人覺得鬱悶！所以還是下地獄吧！」

「導師打算上天國啊……」

我們再次假裝沒聽見艾爾的吐槽。

「威德林──！」

導師提升放出的聖光威力，黑色巨人身上的黑煙，從被他抱住的身體部分開始急速被淨化消滅。

接著我和艾莉絲也一口氣提升淨化魔法的出力，黑色巨人從腳底開始緩緩消失。

當消滅延伸到胸部位置的科特幽魂時，我聽見一道至今從來沒聽過、彷彿足以震破鼓膜的慘叫聲。

「威德林──！」

「呼……邪惡終究會滅亡！」

最後巨人的頭部也完全消失，黑色巨人總算被徹底消滅。

「不過我們的魔力也到極限了……」

這場出乎意料的苦戰，讓除了露易絲以外的所有魔法師都因為魔力不足而精疲力竭，就連負責展開「魔法障壁」的布蘭塔克先生也一樣。

這應該就是主因。

雖然我們的確有點大意，但沒想到會造成那樣的失敗。

「鮑麥斯特男爵，那個魔法道具掉下來了！」

導師在黑色巨人剛才站的地方，發現科特吹的陶笛型魔法道具。
笛子表面已經完全變得焦黑，而且因為是只能使用一次的魔法道具，所以現在只是個燒焦的陶笛。
即使如此，那應該還是能當成證據，就在我們打算回收的時候，一團潛藏在陶笛內部的黑煙突然飛了出來，以驚人的速度飛向利庫大山脈的上空。
那明顯是往王都的方向，但魔力不足的我們，現在根本無力追趕。
「導師，怎麼辦？」
「那種剩餘的殘渣，應該也沒辦法怎麼樣！只要交給教會處理就行了！」
「說得也是。」
考慮到是誰害我們這麼辛苦，區區怨念的殘渣，就算丟給教會處理也沒什麼關係。
最重要的是，我們還剩下一個非常麻煩的工作。
「必須去向父親和亞美莉大嫂報告才行……」
科特企圖暗殺我，但失敗死亡。
雖然我對科特本人完全沒有罪惡感，但對父母、亞美莉大嫂和姪子們抱持的罪惡感，不允許我委託其他人向他們報告這件事。
「那邊必須由威爾來說，至於艾克哈特他們的家屬，就由我來說明吧。」
「赫爾曼哥哥……」

「協助科特後，被當成用過即丟的消耗品殺掉了。我實在不好意思告訴家屬這種實情……」

「話雖如此，他們仍是暗殺未遂事件的共犯。不可能無罪赦免。怎麼辦？赫爾曼哥哥。」

以前是警備隊隊員的保羅哥哥，斷定他們的罪名不可能被蒙混過去。

「我知道啦……不過認識的人發生這種事情還是讓人很討厭。」

雖然還剩下一個大工作，但總之與科特有關的意外事件最大的難關，到這裡就總算結束了。

第五話　盧克納兄弟

「有客人找我？」

「是的，閣下。」

「是誰？」

「那個……」

這裡是赫爾穆特王國王城內的財務卿辦公室，我目前正在拚命簽署一大疊的文件。

然而祕書官康萊德卻在我正忙的時候，通知我有客人來訪。

「康萊德，你怎麼講話口齒不清的。」

「其實是『那位大人』……我沒想到他會來這裡……」

我以責備的語氣追問這位無法像平常那樣清楚報告、還只有二十歲出頭的年輕男性祕書官，他吞吞吐吐地告訴我「那位大人」來了。

難得他講話這麼不乾不脆，看樣子是來了不速之客。

康萊德很優秀，是和我同一個財務派閥的大貴族家的繼承人。他是個前途有望的菁英，大家都認為這個年輕人未來甚至有機會當上財務卿。

這樣的男人，居然會動搖到連客人的名字都說不清楚。

既然如此，「那位大人」一定是那個盧克納會計監察長。

雖然不想承認，但盧克納會計監察長，是我不肖的弟弟。

我們的父母完全相同，他是雙親在我出生的隔年後生下的弟弟，所以我們小時候的感情還不至於很差。

盧克納侯爵家是代代擔任財務領域要職的名門名譽貴族家，每個當家都至少會擔任五年的財務卿。

雖然猝死的狀況另當別論，但這種事情很少發生。

除了我們以外，王國還有另外四個能夠世襲財務卿這個職位的伯爵家和侯爵家。

加上盧克納侯爵家就是五家。五家都會盡可能讓彼此擔任財務卿的期間一樣長，並以接近串通的方式在檯面下進行交涉。

儘管這算是一件壞事，但這表示王國的統治非常安定，而且也不是現在該評論的事情。就連我也不曉得該怎麼判斷。

雖然我們兄弟小時候的感情很好，但弟弟在成人後得知自己無法繼承家門，自此就開始與我這個哥哥對立。

如果是小孩子吃的點心，倒還可以分他，不過侯爵家當家的地位和能夠世襲的財務卿的位子，就不能像點心那樣分來分去。

明明小時候感情很好，長大後卻開始互相憎恨的貴族兄弟，似乎不在少數。

成年後，我在財務領域平步青雲地往上爬，弟弟則是離開家，從中級官吏開始做起。

他能一開始就當上中級官吏，是老家和我給他的最起碼的援助。

不過從弟弟的角度來看，這點程度的支援與其說是理所當然，不如說是高高在上的我們對他的挖苦，結果只讓弟弟變得更恨我。

即使如此，他還是不斷累積努力，最後獲得了名譽男爵的爵位和會計監察長的地位。

即使是透過令人不敢恭維的手段，我還是很驚訝他能爬到這個地位，不過弟弟在知道我當上財務卿後，似乎又變得更恨我了。

站在我的立場，就算是這樣我也不打算讓出自己的地位，實際上也不可能。

而且要是因為這件事向弟弟道歉，只會更加傷害他的自尊心。

從這時候開始，弟弟就開始和與我敵對的其他財務系名譽貴族結盟來找我的麻煩，所以我自然也被迫對抗。

因為這樣的背景，弟弟當上會計監察長後，一次也沒來過這間辦公室。

不曉得是因為固執，還是擔心被暗殺。

儘管有點不自然，但即使會計監察長不來這間辦公室，也不會對政務造成妨害。

工作方面的事情，只要透過定期舉辦的會議處理就行了。

不過正是因為感情不好的兄弟彼此堅持只談公事，所以反而使部下們變得戰戰兢兢，這讓我覺得很對不起他們。

「有事的話，就讓他進來。」

「那個……這樣真的好嗎？」

明明至今都倔強地不來拜訪，現在又說自己有事。

從康萊德的角度來看，應該會認為我弟弟有什麼不好的打算吧。

「不可能是暗殺。因為只要一做出這種事，那傢伙就完蛋了。不過反正應該也不會是什麼好事。不如快點聽一聽。」

「我知道了。」

「啊，還有……不必替那個笨蛋倒茶。」

「……遵命。」

數十秒後，弟弟在康萊德的帶領下走進房間。雖然我已經很久沒跟弟弟碰面，但現在這種事情已經無關緊要了。

正因為有血緣關係，所以反而更麻煩，我催促弟弟如果有事就快說。

「其實我從某個管道獲得了一些情報……」

雖然是我叫他有話快說，但沒想到他連個招呼都不打……

我在驚訝的同時，也催促他繼續說下去。

「關於財務卿閣下現在援助的南部未開發地……」

說援助也有點不太對，畢竟開發未開發地需要投入非常龐大的金錢。

如果沒有人負責指揮，計畫很可能會因為那些貪婪貴族的內訌而受挫。

說得極端一點，也是有不少貴族只打算從鮑麥斯特男爵那裡榨取錢財，而不在乎未開發地的開發作業是否成功。

於是必須由我、艾德格軍務卿和鮑麥斯特男爵的宗主布雷希洛德藩侯，就近監視那些笨蛋貴族。

當然，我們也打算收取與這些辛苦相應的成功報酬。

「這些都與您無關。」

如果這個計畫有用到國家的預算，那會計監察長就有很多機會參與。

然而這項計畫百分之百都是由鮑麥斯特男爵出資。

所以我弟弟當然沒有出場的機會。

儘管王國也有預定要提供補助金，但頂多也只會按照正常程序，檢查是否有舞弊情事就結束了。

在這方面，完全沒有任何能讓弟弟獲得特權的要素。

要是他想藉機找碴，我們甚至會考慮以此為藉口，解除他的職務。

「我記得您曾經有想加害鮑麥斯特男爵的嫌疑呢。」

在鮑麥斯特男爵探索古代遺跡時，有人向冒險者公會施加壓力，刻意減少嚮導的數量。

雖然真相其實是就算冒險者公會有幹部，他們也不可能屈服於區區男爵的壓力。

然而很少有平民直接接受這個說法，現在許多人都已經相信那個謠言。

而且流出這個謠言的人，還是這個弟弟沒有認領的親生兒子。

在聽說這件事時，我拚命忍住不笑出來。

雖然我自己也覺得這樣很缺德，但反正他至今也給我惹了不少麻煩。

不過是恥笑自掘墳墓的弟弟，應該還在能夠原諒的範圍內。

「那個嫌疑完全是場誤會。比起這個，有件情報還是早點讓您知道會比較好……」

在正式場合，財務卿的地位當然還是比會計監察長高。

因此眼前的弟弟對我都是使用敬語。

儘管他在背後應該說了不少我的壞話，但既然有本事當上會計監察長，在這方面當然也很有自知之明。

就我個人而言，倒是很希望他能在公開場合失言。

「想告訴我的情報？」

「是的。這個情報，是關於鮑麥斯特男爵的暗殺計畫。」

「喔，您終於下定決心啦。」

弟弟跑來告訴我的，是關於未開發地開發計畫的關鍵，鮑麥斯特男爵的暗殺計畫。

我是個在聽見這種消息後，馬上以為弟弟是來告白自己的鮑麥斯特男爵暗殺計畫，並以挖苦的語氣詢問的哥哥。就連我也覺得這樣的兄弟關係非常扭曲。

「您真愛開玩笑……某個自由冒險者，似乎將古代的魔法道具讓給了鮑麥斯特騎士領地的下任當家。」

「原來如此。」

我將「反正那個冒險者和魔法道具都是你準備的吧」這句話吞回喉嚨裡。如果沒證據就向人問罪，只會害自己失態。

「雖然我不知道您是從哪裡取得這麼重要的情報……」

從我的角度來看，我很清楚這只是一場自導自演的鬧劇。不過貴族詢問其他貴族的情報來源，只會被人取笑。因為這才是發達與富貴的來源，不可能免費告訴別人。

「在這個時期來通報這件事，您到底有什麼打算？」

貴族子弟互相殘殺，雖然這是偶爾會發生的事情，但結局有很大的差異。

順利偽裝成病死或意外死亡逃過一劫，沒有釀成問題的事件。

即使被懷疑，只要沒有證據就不會被處罰的事件。

行為完全曝光，接受嚴厲處罰的事件。

無論是哪種結局，因為每個案件的狀況都不一樣，所以難以預測。

不過就這次的情況來說，王國方面早就等不及要處罰犯人了。

所以當然會對犯人下達嚴厲的處分。

「如果對方自己失控，那處罰起來也比較容易……不過……」

將暗殺用的魔法道具讓給那個鮑麥斯特騎士爵家長男的，一定就是眼前這個男人。

然後既然那個魔法道具已經被交給鮑麥斯特騎士爵家的長男，那他很可能已經使用過了。

如果被盯上的鮑麥斯特男爵有什麼萬一，這個男人也不可能平安無事。

然而這個男人居然一臉若無其事地跑來通報這個消息，表現得好像是在賣我人情。

他到底在想什麼？

「要是鮑麥斯特男爵出了什麼事，您……」

就在我準備說出「你也會跟著完蛋」的時候，弟弟打斷我說道：

「我是侍奉王國的貴族。當然不可能做出妨礙南部未開發地開發的蠢事。」

「我可以說您真會裝傻嗎？」

「雖然我過去和鮑麥斯特男爵有些爭執，但我並不樂見這樣的狀況。」

這樣下去，這個男人和隸屬他派閥的貴族們，將無法分到開發未開發地的利益。姑且不論辦不辦得到，正常的貴族都會急著想修復關係。

「（不過只要我還有一口氣，就絕對不會容許這種事發生）那麼，您想怎麼做？」

「那個自由冒險者似乎接受長男的委託，在後街的黑市取得了那個魔法道具。」

「唉，大概就是這樣吧。」

從遺跡出土的魔法道具，基本上是屬於發現的冒險者。

如果是冰箱或火爐之類的方便道具，那看是要賣還是要用都隨他們高興，不過當中也包含了一些具備麻煩的機能、因為被詛咒所以只要一碰觸就會大事不妙的危險物品。

像這種魔法道具，就會被冒險者公會強制收購，在交給王國仔細檢查後，視情況加以嚴格保管或管理。

不過當中也有些東西逃過了檢查，就這樣流入黑市。

冒險者沒有主動申報，讓危險的魔法道具流入贓物專用的市場，最後被貴族透過地下管道入手，用在陰謀或犯罪上。

無論再怎麼強化取締，都無法徹底杜絕，所以這或許也是無可奈何的事情。

「那個自由冒險者，在聽說那個魔法道具是『馴龍之笛』後就買了下來。」

「你這傢伙……」

即使是在從遺跡出土的魔法道具中，「馴龍之笛」也算是危險度特別高的物品。

只要吹這個笛子，就會朝廣範圍發出只有龍聽得見的聲音，被這個聲音激怒的龍會群起飛向聲音來源，幾乎算是一種被詛咒的魔法道具。

而且吹那個「馴龍之笛」的人類不會被龍襲擊。

相對地，被叫來的龍到死為止，都會破壞周邊的環境並大開殺戒。

雖然不至於對屬性龍那種大型魔物有效，但能對飛龍或翼龍發揮極大的效果。

「與未開發地鄰接的利庫大山脈，是飛龍的棲息地。您刻意延遲通報，是打算對那裡的領民趕盡殺絕嗎？」

如果是這樣，那眼前這個男人可是犯下了足以判處死刑的重罪。

不過同時我也不認為他會蠢到留下證據。

「前提是那真的是『馴龍之笛』。畢竟那只是黑市那些可疑的傢伙推薦的魔法道具。」

基本上除非眼光非常好，否則就算跟那些作奸犯科的人做買賣，也只會被騙去買一些垃圾。當然就算向官方提告詐欺，也只會得到「誰叫你要去哪種地方買東西」的回應，並反過來被處罰。

如果想在黑市買到划算的東西，就需要相當的膽識、眼光和人脈。

「所以那個魔法道具到底是什麼？該不會是召喚蒼蠅的笛子吧？」

「不，好像是『怨恨之笛』。」

「你這傢伙……」

我差點忍不住對這個弟弟口出惡言。

「怨恨之笛」和同樣是在古代被製造的「馴龍之笛」沒什麼太大的差別，都是被詛咒的魔法道具。

當然這類魔法道具在從遺跡出土後，都會受到王國的管理。

因為「怨恨之笛」是會犧牲自己，專門用來復仇的魔法道具。

「那個長男也真可憐。」

從弟弟剛才說的那些資訊推測，這傢伙至今應該都為了與我和鮑麥斯特男爵對抗，而偷偷透過信件送情報給那個繼承人的長男，藉此與他建立關係。

然而那個關鍵的長男似乎比想像中還要沒用。

儘管這麼說有點不太恰當，但這就是所謂鄉下人的彆扭，那個長男似乎認為中央的貴族全都是些貪婪的廢物，所以才會一直難以協調。

因為是那種窮鄉僻壤，所以才會很難接受外地人吧。

身為貴族，至少表面上要裝得和善一點，即使只看這點，那個長男也是個遠遠不如鮑麥斯特男爵的男人。

站在王國的立場，只要長男有將本家讓給鮑麥斯特男爵繼承、自己屈就於男爵的度量，那也沒必要勉強將他趕下臺。

然而所有蒐集到的情報，都在在顯示那個長男是個器量狹小的人。

這麼一來，就只剩下除掉他這個選項。

即使繼續讓他和社會保持連繫，長男本人後續還是有可能會不斷扯鮑麥斯特男爵的後腿。此外也可能會有像我眼前這個笨蛋弟弟一樣，去誘導他這麼做的人在。

要是動不動就有笨蛋以長男為名目，企圖藉由和開發未開發地的權利與鮑麥斯特家的繼承問題扯上關係來獲取利益，光是想到未來要花在這些傢伙身上的勞力，就讓人覺得可惜。

既然如此，雖然可憐，但還是只能採取讓長男退場的方針。

當然，陛下也同意了這點。

回到原本的話題，麻煩的是這個笨蛋弟弟也察覺到我們這邊的真意。

所以才會在最後使出這個能有效活用那個長男的計策。

首先是向我通報長男打算暗殺鮑麥斯特男爵的事實。

他們明顯是共犯，而且這個弟弟還假裝親切地提供「怨恨之笛」給長男。

考慮到他的所作所為，他實在是個不得了的大壞蛋，但就結果而言，也可以說他是在了解我們背後意圖的情況下行動。

因為換個想法，這個弟弟也可以說是在發現那位長男出乎意料地忍受了我們的挑釁三個月以上後，協助我們讓長男失控。

「不過搬出『怨恨之笛』這種東西，難道都不怕會有什麼萬一嗎？」

「雖然鮑麥斯特男爵是個優秀的魔法師，但他還年輕，經驗也還不夠豐富。要是出了什麼差錯，他或許有可能會被殺掉。」

「在那種偏遠地區？」

弟弟看向我這裡，露出嘲笑般的笑容。

「『怨恨之笛』只有在人口密集的地區，才能發揮強大的效果。事情就是這樣。」

他之所以刻意延遲通報的時間，也是因為認為不可能發生萬一的狀況，此外他應該原本就打算捨棄那個自由冒險者。

反正他已經獲得充分的回報了。

即使之後搜查黑市，也無法得知「怨恨之笛」的出處，或是購買道具的自由冒險者的身分。

就算想按照這個弟弟給的情報搜索，只要他一說謊，我們就沒輒了。

最壞的情況下，我們最後甚至可能會在貧民窟找到他準備的替死鬼屍體。

「只要用鮑麥斯特男爵或他未婚妻的淨化，就能輕鬆消除那個未開發地累積的怨念。」

這個弟弟說得沒錯。

「怨恨之笛」是聚集吹笛者周圍的怨念，將使用者變成不死族來完成復仇的道具。

雖然說明起來有點複雜，但聚集的怨念和惡靈是不同的東西。

例如工作時被上司說教，在感到不悅後產生了厭惡上司的心情。這時候負面的感情，就會在那個地方累積。

不過這種程度的怨念，還不至於對周遭的人產生影響。

然而源自殺人的怨念，似乎就能讓被害者的靈魂留在當地。

「怨恨之笛」擁有能讓笛聲傳播範圍內的怨念，全聚集到吹笛者身邊的功能。

因為是魔法道具，所以笛聲能傳播的範圍也比想像中還要廣，即使一個地方只有微量的怨念，但只要擴大範圍，就會累積龐大的分量。

聚集而來的怨念，會奪取吹笛者的性命，將其化為強大的不死族。

雖然少量的怨念對人類無害，但如果聚集了大量怨念，就會產生這種效果。

「那個長男打算暗殺鮑麥斯特男爵。不過要是他在被制裁前就死掉，那就麻煩了。雖然我是這麼想的，但可惜我的情報網收到消息時已經太遲了。」

弟弟遺憾地說那個擁有「怨恨之笛」的冒險者，應該早就和那個長男接觸了。

無論是睜眼說瞎話的技能，還是足以裝出彷彿真的發自內心感到遺憾的表情的演技，都在在像個貴族，但用在這傢伙身上，只會讓人覺得生氣。

「很遺憾沒有趕上。」

這傢伙還真有臉說這種話。我傻眼到說不出話來。

對弟弟來說，要是那個長男沒死才比較麻煩。

因為只要能活捉他，逼他說出「怨恨之笛」的來源，一切就結束了。

那麼，現在該怎麼辦才好呢……

這個弟弟在陷害那個長男後，馬上就捨棄了他。

雖然我個人很想以相同的罪名處分這傢伙，但換個角度想，也可以認為是這個弟弟幫我們處理掉了那個預定要被趕下臺的長男。

當然如果純以善惡的角度來看，這個男人實在是差勁透頂，不過在政治與貴族的世界，實在無法只以這個標準來判斷。

「反正您在來這裡通報之前，就已經消除了所有和自己有關的證據吧……」

如果沒有證據，根本就無法處罰在中央任職的貴族。

我也認為這次的事件，應該很難處罰到這個弟弟。

雖然姑且會調查犯罪的痕跡，但弟弟不太可能留下證據。

「感謝您提供的情報。不過要是鮑麥斯特男爵發生了什麼事，您應該知道後果吧？」

你一定會被毀掉。

即使沒有證據，我當然是不用說，就連陛下、艾德格軍務卿與其他的內閣官員都會徹底敵視眼前這個弟弟。

「然後，關於分配利益的事情……」

因為不能公開提到未開發地開發的特權，所以只能用這種說法。

這個弟弟就是為了得到這個，才會捨棄那個長男。

由於他最在意的應該就是這件事，因此我乾脆地告訴他：

「必須交由鮑麥斯特男爵決定。我什麼都不能保證。」

當然這只是藉口，其實我在說謊。

鮑麥斯特男爵只負責提供預算，將剩下的事情全部交給我們處理，所以我們這些內閣官員和布雷希洛德藩侯不可能沒有權限。

不過鮑麥斯特男爵那邊的負責人，我的姪子羅德里希不可能給他半分錢。

鮑麥斯特男爵本人應該也不願意讓他分一杯羹，所以一定會拒絕。

這麼一來，只能說他這都是自作自受。

「原來如此。的確還有這個問題。」

「（什麼叫還有這個問題！）我是覺得難得脫離了險境，實在不應該再要求太多……」

即使進行搜查，應該也很難以計畫暗殺鮑麥斯特男爵的罪名，將這個弟弟定罪。

因為不太可能找到證據。

雖然遺憾，但這次只能放他一馬。

不過至少絕對不會讓他分到利益。

這傢伙明明逃避了罪名，居然還不滿足。

「你們只是基於感情因素，才不讓我分一杯羹嗎？」

「您是不是該適可而止了？」

我在心裡啐道「你不過是運氣好，剛好勉強逃過一劫而已」。

「不過以貴族間的關係來說，應該是有可能吧。」

「啊？關係？」

別說是關係了，到底要多愛作夢，才會認為自己能從討厭自己的對象那裡取得特權？這個弟弟樂觀的程度，讓我只能傻眼。

「關係當然是存在的。畢竟羅德里希是我的兒子。」

……糟了！

我開始詛咒起自己的大意。

鮑麥斯特男爵家的重臣羅德里希，是這個弟弟的親生兒子。

雖然弟弟身為父親，卻一直都沒認領羅德里希這個兒子，所以根據王國的貴族法，這兩人對彼此都只是外人。

然而事到如今，弟弟突然宣布要認領羅德里希。

站在羅德里希的立場，應該會想說「別開玩笑了」吧，但這也可以說是王國兩千年前制訂的貴族法的盲點。

由於當家的權限極高，因此即使身為父親的當家可以自由決定要不要認領孩子，孩子這邊卻無法主動切斷與父親之間的關係，真要說起來，目前根本就沒人想過這種狀況。

「你這傢伙……對羅德里希……」

因為是貴族，所以只要有利可圖，甚至不惜利用自己過去捨棄的孩子。

雖然同為貴族的我無法否定這種作法，但以一個人來說，這麼做實在太過分了。

儘管也不是沒有對策……

因為當然也有貴族之子想和父母斷絕關係，但他們只剩下斷絕與父母的一切接觸，等自己死後自然降為平民這個方法。

不過現在的羅德里希已經是鮑麥斯特男爵家，不對，是之後一定會晉升為伯爵家的貴族家不可或缺的重臣。

要他和這個弟弟斷絕聯絡，幾乎是不可能的事情。

只要羅德里希徹底拒絕對方……

不過這樣的想法也太天真了。

了解箇中緣由，不管是誰都會同情羅德里希並譴責這個弟弟。

然而這個世界並沒有這麼單純。

如果羅德里希拒絕父親，並堅持不分特權給他，周圍的人就會突然開始群起非難他和他的主人鮑麥斯特男爵。

大家將隱藏「居然為了特權認領過去拋棄的孩子，盧克納男爵真不是人」的真心話，改利用「長年不和的親子終於要和解，這明明是一件可喜可賀的事情」為藉口，譴責拒絕和解的主從器量狹小。

與盧克納男爵同一派閥的貴族，以及其他盡可能想要獲得特權的貴族，一定會針對這點大做文章。

這個男人應該會率領那些人，大規模地施壓。

如果事情鬧到那種地步，一定會惹惱我們，所以他打算在會造成龐大損害的正式抗爭開始前，先搶奪足以滿足自己派閥那些人的利益。

面對這種討厭的策略，根本就沒有完美的對策。

雖然懊悔，但看來只能分給他一定程度的特權。

只要早點和解，他就不會去煽動其他派閥的人。

儘管這種說法不太好，但這類策略，某方面來說和黑社會很像。

為了和解而答應給他的特權，也可以說是一種保護費。

「給我一點時間處理。」

「我知道了。」

說完這些話後，弟弟就默默地走出辦公室。

因為涉及利益分配，所以我不能擅自決定，而他也知道我必須和其他貴族商量。

「這個敗類！」

我已經完全不把他當成自己的親弟弟。

我要把他當成政敵，並在自己死前確實剝奪他的社會地位。在心裡怒罵弟弟的同時，我下定了這樣的決心。

「請問是否要先確認鮑麥斯特男爵的安危……」

「這部分也得緊急聯絡布雷希柏格呢……」

我同意祕書康萊德的意見，但心裡只想立刻逃離這裡。

都怪我那個親弟弟，這下我一定會被布雷希洛德藩侯和其他內閣官員們挖苦。

「真希望那傢伙馬上去死！」

「……」

康萊德假裝沒聽見我這句不像貴族的話，開始變更今天的預定。

我憂鬱的一天，才正要開始。

＊　＊　＊

「呵呵呵，大成功呢。」

「不愧是父親。」

結束與討厭的親哥哥的面談後，我在當天晚上召集自己的家人和同派閥的夥伴，一起舉辦宴會。

參加者有我的正妻、將繼承我的兒子和一個女兒。

除此之外，還有約十二名隸屬於反主流派閥，主要從事財務方面的工作並擁有準男爵或騎士爵位的名譽貴族。

他們也都各自帶了自己的家人或主要的家臣前來，我的家臣們負責會場的警備，家裡的女僕和傭人們也都忙著服務大家。

「那個鮑麥斯特家的長男好像死了。」

「畢竟是那種魔法道具。」

我騙他那是「馴龍之笛」，讓他在用了「怨恨之笛」後變成不死族，收拾掉鮑麥斯特男爵。

反正對方本來就希望那個長男自己失控，所以我等於是幫了他們一個大忙。

「問題只剩下那個冒險者吧？」

「我也預定要除掉他。」

我已經派幾名武藝高強的家臣在山裡待命，等著收拾掉那個完成委託後，要走山路回來的自由冒險者。

「在那種高山的山路，只要受傷就不可能活下來。」

接著就會有許多野生動物幫我收拾掉他。

即使多少留下一些殘骸，不會說話的死人也無法當成證據。

「父親以往不是非常重用那個人嗎？」

「他是個方便的棋子。口風也很緊。不過那種程度的冒險者，隨便都能找得到替代品。」

那傢伙似乎也因為知道我們的祕密，所以自以為和其他冒險者不同。

「在那些失敗者中，他終究也只比其他人好一點而已。冒險者的本業原本就是狩獵魔物。像那種人渣，就只能算是稍微厲害一點的小混混而已。」

「那個長男也一樣嗎？」

「那傢伙也是個笨蛋。無論弟弟的魔法才能再怎麼優秀，終究是個剛成年的年輕人。明明只要假裝順從就能賺大錢，卻連這點都做不到，這就證明他只是個笨蛋。」

長得非常像我的兒子，從女僕那裡接過酒杯，繼續聽我說話。

「畢竟是個鄉下人。無法忍受自己失去山大王的地位。明明只要努力就好，卻連這點都辦不到。所謂的無藥可救，就是指這種笨蛋。」

「所以才要利用完後就捨棄他？」

「能在那種笨蛋身上找到利用價值，不如說他還應該要感謝我。」

所有人都一臉愉快地在派對會場談笑，享受料理和美酒。

這些人原本以為自己和未開發地的開發無緣，但我這個老太居然從交情惡劣的哥哥那裡，順利拿到了一些特權。

我們原本就是反主流派，這個派閥之所以能夠擴大和存續，全都是多虧了我的才能。

而現在久違地有了賺錢的機會，讓所有人都感到欣喜不已。

「不過居然要認領那個下女的孩子……」

「即使認領他，我也不會讓他分到任何遺產，也不可能讓他繼承我的爵位。不過只要羅德里希和我有血緣關係，就能獲得一些利益。無論羅德里希再怎麼抗拒都沒用，這就是貴族的世界。」

羅德里希是我的次男，身為父親的我基於溫情，決定認領這個庶子。

即使我在貴族世界的名聲不好，大家還是不得不稱讚我這個決定。

貴族家的當家對自己的家人，就是擁有如此強大的權限。而且所謂的貴族，就是要被人討厭才算是獨當一面。

「反倒是那個下女之子無法主動和我斷絕關係。就現狀來看，只要他還是未開發地開發的代理官，就無法避免和我接觸，無論鮑麥斯特男爵再怎麼不情願，都還是得答應我的要求吧？」

「即使想重新找一個代理官，也不可能找到不屬於任何派系的人，鮑麥斯特男爵應該也很煩惱吧。」

而且羅德里希算是個能幹的人，鮑麥斯特男爵應該也不想輕易放棄他。

不過我的身邊，不需要那麼聰明的人。

「您還是一樣惡毒呢。」

「畢竟這是個上面擠滿了大貴族的世界。我又不像鮑麥斯特男爵那樣能使用強大的魔法，所以只能做些和別人不同的事情。」

否則就算我是現任財務卿的弟弟，也不可能自己建立派閥。

即使惡毒，只要能存活下來壯大派閥就好，所謂的貴族，就是這種生物。

「那麼，差不多該去跟大家打招呼了……」

「呀啊——！」

「怎麼了！」

在宴會的參加者中，突然傳出慘叫，我看向聲音的方向。

發出慘叫的，是站在宴會會場窗邊的準男爵夫人。

我繼續注視那個方向，發現有一團黑煙在窗外形成一張巨大的人臉，其眼睛閃耀著紅色的光芒，就在那道光芒突然變強的瞬間，宴會會場的窗戶破裂，黑煙構成的人臉侵入會場。

與此同時，會場內開始被那道黑煙覆蓋。

「有怪物！」

「有東西突然闖進來了！」

雖然我的家臣和衛兵們馬上對這個詭異的入侵者產生反應，開始拔劍衝向黑煙，但因為對手是類似煙的東西，所以完全無法給予傷害。

反倒是他們的身體被黑煙包圍，短短幾秒就像是斷了線的人偶般不支倒地。

仔細一看，倒下的家臣和衛兵們都已經死掉，身體的顏色也變得毫無生氣。

「咿！」

會場中響起慘叫，在這段期間，那個一下子就殺掉我的家臣們的黑煙，接著襲擊我的家人和其他貴族。大家甚至連逃命都來不及，除了我以外的所有參加者都被黑煙包圍，被黑煙奪走性命。

「咿——！」

宴會會場內原本有超過八十個人，但那些人都在瞬間喪命。

害怕的我本來拚命想逃跑，但因為過於慌張而絆到東西跌倒。仔細一看，絆倒我的正是帶著痛苦表情死去的我的兒子。

「你到底對我有什麼怨恨！」

「威德林——！盧克納男爵——！殺掉！」

「你該不會是……」

如果要再補充一下，考慮到聯絡速度，距離長男使用「怨恨之笛」，應該還過不到兩天。

然而這傢伙在和那個鮑麥斯特男爵、男爵的未婚妻霍恩海姆家的聖女，以及布雷希洛德藩侯的專屬魔法師這些高手戰鬥過後，居然還活了下來，並飛到這個王都，找到了連臉都不知道的我的住處。

我從來沒遇過這麼恐怖的事情。

「你也，去死吧——！」

我本來以為自己要被黑煙殺掉，但操縱黑煙的惡靈完全沒對我出手。

就在我覺得不可思議，並開始認為自己或許有希望得救時，馬上又面臨了新的絕望。

「肉——！」

「新鮮的肉！」

剛才被殺害的貴族和我的家人、家臣、警衛和傭人們的殭屍一齊起身，並全數朝我這裡撲了過來。

「怎麼會這樣！怎麼會有這麼不合常理的事情——！」

全身都傳來劇痛，但我完全無法阻止。

不過這些劇痛並沒有持續多久，因為我馬上就永遠地失去了意識。

＊　＊　＊

「啊？大量的貴族和傭人變成了殭屍？」

「是的。盧克納男爵家突然出現神祕的黑煙，碰到煙的人全都變成了殭屍。」

就在我煩惱著該如何讓布雷希洛德藩侯和艾德格軍務卿答應分特權給那個弟弟時，突然就收到弟弟的死訊。

「雖然我希望他馬上去死，但沒想到居然實現了……」

儘管再也沒什麼比這更可恨的事情，但包含利用並犧牲那個長男，以及認領至今一直棄養的庶子在內，弟弟不惜使出這種讓周圍的人不敢恭維的手段也要製造關係，強硬地爭奪特權的計畫最後還是成功了。

就在他召集手下們舉辦宴會慶功時，就發生了這件慘劇。

從認識的警備隊騎士那裡得知這個消息後，我急忙趕去現場確認。

在變成慘劇舞臺的宴會會場，警備隊員們正忙著確認幾十具焦黑屍體的身分，在早一步趕來這裡的聖職者和魔法師當中，我發現了霍恩海姆樞機主教的身影。

「霍恩海姆樞機主教。」

「如果您是在找弟弟，那他就在那裡。」

霍恩海姆樞機主教一臉不悅地用下巴指示放置我弟弟屍體的場所。

仔細一看，哪裡有一具幾乎只剩下骨頭的屍體。

看來他的肉，似乎已經被幾十隻殭屍啃光了。害我差點把剛才吃的晚餐給吐出來。

「是什麼不死族殺了這麼多人？」

「老夫有收到孫女和阿姆斯壯導師的通知。」

關於兩天前在未開發地發生的鮑麥斯特騎士爵家長男企圖暗殺鮑麥斯特男爵未遂的事件的結局，以及逃往王都的怨念殘渣。

雖然認為那些殘渣應該無法有什麼作為，但布雷希洛德藩侯為了以防萬一，還是緊急請僱用的通訊用魔法師，聯絡了霍恩海姆樞機主教。

「於是我事先就讓幾名能使用高階淨化魔法的神官待命。艾德格軍務卿也有收到通知。為了保險起見，他同樣也有事先讓幾名能使用強力火魔法的魔法師待命。」

拜此之賜，除了參加那場宴會的人以外，完全沒有其他被害者。

雖然參加者全都沒逃過一劫……

探測到大量不死族反應的神官們迅速趕到宴會會場，他們一瞬間就將那團笑著看盧克納男爵活生生被殭屍們吃掉的黑煙給淨化了。

至於剩下的殭屍，也全都被神官們和接著趕來的幾名魔法師一起燒得一乾二淨。

「怎麼會有這種事……我完全沒收到報告……」

「您覺得有辦法通知您嗎？您那同時也是被害者的弟弟，可是也要為這場慘劇負一部分的責任。」

別說是一部分了，我很清楚就算說他是主犯也不為過。

「您說得沒錯……」

「拜令弟所賜，老夫的孫女和她的未婚夫鮑麥斯特男爵可是差點就沒命了。結果您居然打算將這件事含糊帶過，不僅不處罰令弟，還打算屈服於對方的奇招讓他分一杯羹？您該不會是打算在不弄髒自己的手的情況下不勞而獲吧？」

「不，沒這回事……」

雖然我是個內閣官員，也是個侯爵，而霍恩海姆樞機主教是個子爵，也是教會的樞機主教。

然而這次錯的人是我，所以我完全無話可說，只能戰戰兢兢地回應。

「因為未開發地的開發還需要仰賴您的協助，所以老夫也不打算再說什麼，但還是希望您能表示一定程度的誠意。」

說完後，霍恩海姆樞機主教細心地向奉艾德格軍務卿的命令趕來這裡的魔法師們道謝，在吩咐神官們仔細淨化宅第後就回去了。

我只能沮喪地目送他的背影離開。

完全無話可說。

第六話　鮑麥斯特男爵暗殺未遂事件始末記

「這樣啊……科特他……」

雖然科特在盧克納男爵的唆使下，企圖利用名叫「怨恨之笛」的魔法道具殺害我們，但這個陰謀還是在最後一刻失敗了。

據說「怨恨之笛」原本的效果，並無法製造出由那麼大量的怨念構成的不死族巨人。由於人類只要碰觸到高濃度化的黑煙就會死亡，所以製造出來的不死族頂多比人類大一倍。而且在殺害目標對象後，力量馬上就會減弱。

怨念這種東西，無論濃度再怎麼高，都無法長期維持實體化的狀態。

因為那就跟導師說的一樣，是「像水一樣會隨著時間經過蒸發」的東西。

這表示科特的怨念就是這麼深，而且無論再怎麼消耗，他都會拚命收集未開發地中的怨念攻擊我們。

「那種執著，應該多用在其他的地方！」

我們所有人都同意導師在戰鬥結束後吐露的感想。

「雖然當然也要請鮑麥斯特男爵一起同行，不過這畢竟是貴重的魔法師兼王國名譽男爵的暗殺未遂事件！所以還是先由在下向令尊說明比較好。」

即使平常看起來是那個樣子，導師果然還是王宮首席魔導師。

因為他對不曉得該如何向父親報告的我伸出了援手。

而且在被科特盯上的被害者中，爵位最高的就是導師，所以由他來報告也比較合情合理。

「得麻煩我們家的領主大人，跟王都聯絡才行。」

接著布蘭塔克先生也提出必須透過布雷希洛德藩侯，用魔法通訊跟王都聯絡的意見。

儘管規模不大，但還是有怨念的殘渣逃往王都，所以這件事也無法祕密地處理。

還是盡快和中央的有力人士們聯絡比較好。

我也馬上贊同導師和布蘭塔克先生的意見。

「呃……也要通知盧克納財務卿嗎？」

「算了吧。」

雖然我覺得不太可能，但要是那對兄弟只是假裝感情不好，實際上在背後互相聯繫，那通知他這件事，就等於是讓事件被埋葬在黑暗當中。

既然唆使科特的人是盧克納男爵，現在還是先慎重一點比較好。

「就麻煩我家的領主大人用艾莉絲姑娘的名義，通知霍恩海姆樞機主教，並用導師的名義，通知陛下和艾德格軍務卿好了。」

布蘭塔克先生事先跟布雷希洛德藩侯借了通訊用的魔法道具。

拜此之賜，我總算不必在魔力快要耗盡的時候用「瞬間移動」送他到布雷希柏格。即使是我，今天也快把魔力給用完了。

「而且那個人畢竟是財務派閥的文官。」

「沒錯，要是在下的哥哥或艾德格軍務卿有那種弟弟……」

「一定會把他除掉？」

「雖然會裝成病死或意外，但應該早就不在這個世界上了。」

導師在回答我的同時，用手指在自己的脖子前面劃了一下。

導師果然也是出身名門貴族家。因為這表示只要有必要，他也不惜採取暗殺的手段。

「好可怕！」

「如果只是有點惡質的貴族，那當然不至於做到那種程度！不過那個男人是如果自己能賺十塊錢，將不惜讓別人虧三十塊的類型！」

科特藏在心裡讓人無法看穿的深沉怨念，以及盧克納弟弟在黑市取得的「怨恨之笛」。

對因為這兩樣東西湊在一起而差點死掉的導師和布蘭塔克先生來說，在心情上應該不想通知盧克納財務卿吧。

「也聯絡一下在下的哥哥吧！因為家兄和艾德格軍務卿的交情也很好。」

那兩人的外表都嚴峻到足以把流氓嚇跑的程度。而且他們都隸屬於軍務派閥，既然兩人在許多方面都很相似，應該也很投緣吧，這就是所謂的物以類聚。

「總而言之，得先向鮑麥斯特卿報告！」

在討論完後，我們用僅存的魔力飛回鮑麥斯特家前，然後立刻與父親見面。

我這邊有我、布蘭塔克先生、導師、保羅哥哥和艾莉絲五個人，赫爾曼哥哥則是以父親陣營的身分，和父親與克勞斯一起參加這場會面。

之所以只有這些人，主要是考慮到事件的性質，而事先請艾爾他們負責警戒周圍的狀況。

雖然不太可能，但要是被人偷聽，讓情報洩漏出去就不妙了。

這場會面，首先是由導師報告去視察未開發地時被科特與他的五名部下襲擊，並反過來打倒對方的事情，總而言之，導師花了約三十分鐘的時間，說明科特他們六個人已經不在人世，用來暗殺的魔法道具性質，以及科特是從哪裡取得那個魔法道具的事情。

父親一語不發，只是以若有所思的表情聆聽說明。

「那個笨蛋……」

雖然在科特死後，已經無法得知他在殺掉我後有什麼打算，但他無疑做了最壞的選擇。

從父親的角度來看，這可是足以導致抄家滅族的危機。就算得以倖免於難，父親也一定會被迫退休。畢竟科特目前還是他的正式繼承人。

「有辦法只用我這個快退休的老人的腦袋，來平息這件事情嗎？」

「王國這邊應該是沒打算做到那種程度！」

父親向現場爵位與地位最高的導師詢問自己將被如何處置。

因為正常來講，除了被沒收爵位和領地以外，他甚至有可能連坐受罰，被判處死刑。

不過按照王國的法律，似乎不會要求犯罪者的家屬一起連帶負責。

所以應該是不必擔心父親會因為科特的罪遭到制裁，但畢竟這件事情非同小可，他可能會被王國那邊懷疑是共犯。站在父親的立場，他應該希望在最壞的情況下，只要獻上自己的人頭就能解決這件事。

「除了主犯科特以外，他的五名部下也是共犯。不過鮑麥斯特騎士領地內的罪人，就只有這六個人！」

看來陛下果然有事先轉達導師，在發生這種事情時要怎麼處理。

他毫不猶豫地回答了父親的問題。

而且科特的失控和處罰，都是早就決定好的事情……

先讓科特失控，再以此為名義處罰他，這是中央那些大人物早已決定好的祕密事項。

即使他的失控比預期還嚴重，連帶處罰其他人也沒什麼意義。

再加上大家多少也有點罪惡感。

所以一切將和事前談好的一樣，首先是讓父親退休，然後再讓赫爾曼哥哥繼承鮑麥斯特騎士領地與爵位。

至於這塊領地絕大部分的未開發地，將透過王國的強制命令分封給我。表面上的理由，是因為繼承人犯下了那樣的事件，所以要沒收大部分的領地，同時藉此讓周圍的人認識到鮑麥斯特本家與分家的交替，是基於正式的處罰。

「這樣啊……那個笨蛋認為有時候即使對象是王宮，地方貴族也要加以反抗，他直到最後都無法捨棄那奇怪的自尊……」

雖然這種想法很危險，但直到我離開這塊領地之前，這樣的道理都適用在鮑麥斯特騎士領地上。

布雷希洛德藩侯家也因為前任當家的愚蠢行為，對這塊領地抱持罪惡感，再加上要是這種偏遠地區發生混亂，光是鎮壓與維持現狀就必須花費極高的成本，因此即使這裡的貴族有點傲慢，大家也會睜一隻眼閉一隻眼。

不過在我返鄉後，情勢就完全改變了，沒發現這點的科特，就是因為依然表現得和以前一樣，才會自取滅亡。

雖然父親的教育也要負部分責任，但科特早在我出生時就已經超過二十歲。

要父母對已經成年的孩子說教，或許也會讓人覺得有點奇怪。

「王國會留一些能夠開發的剩餘領地給本家，那些地方之後預定將在鮑麥斯特男爵的援助下逐步進行開發！就和那個開發特區一樣！至於升爵的部分，受到事件的影響，應該不可能馬上進行！雖然按照預定，應該是十年以後的事情，但赫爾曼大人將成為準男爵，他的下一代繼承人將成為男爵。陛下也認為這樣的安排很妥當！」

再來就是預定也要將一部分的未開發地分封給保羅哥哥。

按照計畫，這邊一開始就會被當成準男爵領地來開發。

保羅哥哥被封爵的理由，好像是對阻止科特的暗殺計畫有極大的貢獻。

「雖然我只是一直躲在布蘭塔克大人的『魔法障壁』後面。」

「在那種狀況下，光是沒死就是大功一件了！保羅大人的準男爵領地是要從頭開始開發，應該在各方面都會很辛苦！」

「即使如此，還是能留下新領地和自己的家門。這就是所謂的創業之苦吧。」

最後絕大部分的未開發地都會分封給我。

不過由於是完全沒被開發過，人口為零的場所，因此開發起來應該會相當困難。

幸好我有的是資金，我將資金交給被我任命為代理官的羅德里希管理，剩下的事情則是交給布雷希洛德藩侯和盧克納財務卿處理，將工作全都委託給別人。

在從冒險者退休之前，我將一點一點地接受領主需要的教育，按照預定，我要等到三十幾歲後，才會返回開發已經有一定進展的領地。

「至於鮑麥斯特男爵，預定將晉升為伯爵！」

「連升兩階嗎？」

「因為鮑麥斯特男爵已經累積了不少功績，所以沒有問題！」

淨化王都的瑕疵屋、透過決鬥減少了一個不需要的公爵家以及發掘地下遺跡的那些珍貴物品的事情，似乎都獲得了很高的評價，不如說直到現在都還沒被升爵，才是件奇怪的事情。

「也可以說是一直在等這個機會！」

與父親的談話，到這裡就結束了。

雖然感覺似乎有點太簡單了，但父親應該也不想再繼續聽科特的瘋狂事蹟。

就我這邊來說，因為我多少也有點罪惡感，所以也不想再繼續討論這個話題。

不過我只有一件事情必須確認。

「克勞斯，這樣你滿足了嗎？」

他是想替死去的兒子和女兒的未婚夫復仇嗎？

還是單純覺得讓科特擔任下任當家會有危險，才做出這些行動？

克勞斯帶來的那些影響，也是促使科特失控的原因之一。

不過那終究只是有點影響。

而且科特的地位還比克勞斯高。

即使自家領地的名主對下任當家說了什麼，看在外人的眼裡，也只會覺得那是建議或忠告。要不要接受全看科特的判斷，所以克勞斯不可能因此被問罪。實際上也沒有證據能制裁他。

「這個嘛……我覺得和滿足有點不同。」

雖然我本來不期待能得到什麼確切的回答，但意外的是，克勞斯正常地回答了我的問題。

除此之外，這也表示他承認自己是讓科特失控的原因之一。

「不過為了避免誤會，有些話我必須先說在前頭。我只是單純覺得科特大人不適合擔任下任當家，所以才想讓亞瑟大人的其他孩子繼承，就只是這樣而已。」

要是繼續只透過商隊和外界接觸，那這種人口只有約八百人的封閉農村，就算交給科特統治也沒什麼問題。

但現實是這裡已經開始自己和外界接觸，並開始開發未開發地。

儘管現在還只有我在開發未開發地，但還是隱約看得出來背後有王國在介入。

如果開始和其他領地鄰接，並展開交流與交易，這些交涉就會變成領主的工作。

科特真的有辦法勝任這些事情嗎？

站在克勞斯的立場，讓科特擔任下任當家只會讓人感到不安。

「那位大人從以前就是這樣。明明有這麼多優秀的弟弟在，為什麼不為了領地的發展，將他們收為家臣，或是創設分家命令他們開發呢？」

然而科特基本上是個膽小鬼。

他無法用人，又動不動就會擔心被比自己優秀的家臣或弟弟搶走支配領地的實權。

「儘管如此，他又沒有具體的方針，腦袋裡只有『只要讓後代子孫繼續開發未開發地，過幾代後鮑麥斯特家應該就能成為伯爵家』的想法。如果是在領地狹小的時期，那倒還無所謂……」

只想存錢和窩在領地裡。抱持這種想法的小領主，在地方上並不稀奇。

對沒見過國王的領民們來說，國王只是個虛幻的存在。他們認為眼前的領主是最偉大的人，並服從領主的命令。某方面來說，這些領主也可以說是一個小國的主人。

「所以事情就只是這樣。」

雖然沒有詳細說明，但克勞斯應該也有以名主的身分，向科特提供建議。

例如「好好利用其他兄弟」。

不過科特反而誤解了他的意思。

他開始擔心克勞斯會和弟弟們勾結，把自己給趕出去。

對此感到傻眼的克勞斯，開始偷偷拜託埃里希哥哥和我繼承下任當家。

只要我們有心擔任下任當家，便能帶動領地內的發展，就算我們沒有這個意思，只要讓科特聽見這些謠言，他或許就會產生危機感，開始認真開發領地。

然而結果事與願違。

科特開始變得討厭我們，父親見狀，也決定為了守護爵位和領地的繼承秩序，將兄弟們送出領地。

當然，父親也無法信任會說出這種話的克勞斯。

因為克勞斯是個非常優秀的名主，所以父親也無法捨棄他，再加上過去的因緣，讓兩人之間奇妙的隔閡變得愈來愈深。

不過無論結果如何，克勞斯都不會困擾。

從克勞斯的角度來看，讓鮑麥斯特騎士領地未來變得衰退，也可以算是某種復仇。

雖然身為名主，他也希望鮑麥斯特騎士領地能變得繁榮，但身為一個想替兒子報仇的人，只要領地衰退造成父親和科特的困擾，那也算是達成了一個目的。

克勞斯曾說過自己是比會說話的載貨馬還要不如的存在。

他同時擁有優秀的名主，以及陰險地想替兒子報仇的父親這兩個立場，他為了這兩個完全矛盾的目標，做出了許多不協調的行動。

我覺得這就是克勞斯這個人的真面目。

不過這終究只是我個人的想像。

「克勞斯，你還在介意那時候的事情……」

「還在？直到現在，那對我來說都還像是昨天發生的事情。」

父親和克勞斯幾乎面無表情地互相瞪視，看在我們的眼裡，這兩個人簡直就像是在互毆。

「父親。」

「威德林，事情你都從克勞斯那裡聽說了嗎？」

「是的。」

至今都把我當成鮑麥斯特男爵對待的父親，突然以父親的身分對我提出詢問。

「這樣啊……那你怎麼認為？」

「我不知道。即使事實只有一個，視看的人與方向而定，還是會有不同的看法。大概就是這樣吧？」

「說得也是……克勞斯，你真的想知道真相嗎？」

「亞瑟大人，作為一個父親，我覺得這是理所當然的。」

兩人之間突然產生一種前所未有的緊張感。

因為父親突然打算向克勞斯說明他的兒子們死亡的真相。

「有什麼證據，能證明亞瑟大人說的是實話嗎？」

「沒有。我只打算老實地交代事實，至於你要怎麼判斷，就不是我能負責的事情了。」

「這樣啊……那就麻煩您了……」

父親至今為何要隱瞞事件的真相呢？

是為了娶當時以美貌聞名的蕾拉為妾？

還是為了強化領地內的統治體制，打算在士村的名主家注入自己的血脈？

無論如何，感覺都不會是好事。

就在我這麼想時，父親突然開始說些令人意外的話。

「克勞斯，你是個優秀的男人。而且遠比我還優秀。要是你出生在鮑麥斯特家，這塊領地應該會變得比現在更繁榮一點吧。」

「這個……」

看來父親對克勞斯的不信任感，也是源自擔心領地內的統治實權，會被比自己優秀的克勞斯搶走的恐懼。

名主從貴族手中搶走統治領地的實權。

也就是所謂笨蛋領主與專橫奸臣的組合，雖然這在大貴族家是不可能發生的事情，但如果是騎士爵家，領地內的實權也是有可能被名主搶走。

父親之所以娶蕾拉小姐為妾，似乎就是為了避免這種狀況。

「雖然你是個優秀的名主，但也是個普通的父親。你難道不知道你的兒子高登，和蕾拉的未婚夫海因之間的關係，已經惡劣到無法修復的程度了嗎？那兩個人表面上是感情很好的童年玩伴，但實際上已經恨彼此恨到快要互相殘殺的地步了。克勞斯，像你這麼優秀的男人，真的會完全沒發現嗎？」

面對父親的質問，克勞斯一語不發。

或許他心裡多少有底也不一定。

話說這件事別說是我了，就連赫爾曼哥哥和保羅哥哥都是第一次聽說。

「雖然只是姻親關係，但克勞斯那兩個預定將成為兄弟的兒子，其實恨彼此恨到互相殘殺。而我家的科特也因為失控而害死自己。沒想到我們在這方面居然是如此相像……」

「不，高登和海因遲早會和解的……」

「不可能！那種夢一般的未來不可能存在！而且那兩人都已經死了！」

「那個……父親？」

在我的詢問下，父親開始說明事件的真相。

簡單來講，從小就是鄰居的克勞斯之子高登，和富農的長男海因，原本感情就像真正的兄弟那麼好。

克勞斯也認為如果是海因，應該能夠好好輔佐下任名主高登，所以才指定他當蕾拉小姐的未婚夫。

然而這就是悲劇的開始。

「海因太貪心了。他開始覺得自己或許能以蕾拉丈夫的身分，坐上下任名主的位子。」

當然，高登也敏感地察覺到兒時玩伴內心的變化。

雖然他一開始也想以勸說的方式讓海因打消野心，但在知道海因可能想要謀害自己後，便逐漸與海因對立。

不過又不能讓周圍的人發現這件事。

因為這會構成名主克勞斯的汙點。

兩人表面上裝得和平常一樣交好，但內心其實開始互相憎恨。

「那個，這件事……」

「連蕾拉都沒發現。我也是偶然才知道的。」

雖然只是偶然，但父親似乎聽見兩人在森林裡激烈地爭吵。

一開始他本來以為無論是再怎麼好的朋友，偶爾也會吵架，但在發現爭吵的內容變得愈來愈激烈後，他才發現這不是普通的吵架。

「克勞斯雖然察覺狀況有異，但應該還是無法確信吧。畢竟我也是因為目擊那兩人吵架才會發現。你想知道事件那天發生了什麼事嗎？那是誰都能夠預測得到的結局。」

主村那些去採石耳的年輕人，那天真的只是偶然前往懸崖。

而且在事件發生的瞬間，他們並沒有在現場。

只是在兩人墜崖死亡後，才在父親的呼喚下趕去那裡。

最後，事件的真相則是……

「我也沒有親眼看見。不過我們三人追的大野豬，最後逃到了那座懸崖。海因提議『我和高登兩個人會把那隻山豬趕落懸崖，不過那裡很危險，請領主大人先在這裡等待』，然後兩人就一起前往崖邊。」

海因認為這是個好機會，打算趁機殺害高登並偽裝成意外。

不過由於高登激烈抵抗，最後兩人都失足墜崖。

就結果來看，根本就沒有什麼複雜的狀況或陰謀，只是單純因為憎恨而引發的事件，但還是留下了一些讓人無法釋懷的部分。

其他人應該也是如此，對非當事人來說，還是認為這背後隱藏了父親可怕的陰謀，還比較能夠接受。

「事實這種東西，或許總是意外地單純。」

「那為什麼父親不惜下達封口令，也要隱瞞事實？」

「很簡單，因為根本不能說。」

主村的名主繼承人和妹妹的未婚夫互相殘殺，最後雙雙墜崖而死。

這的確是會讓人猶豫該不該公開的事情。

「蕾拉的事情，埃里希他們應該也知道。其他村落的名主們，開始計畫讓自己的兒子成為蕾拉的丈夫。」

就連以前是鄰居並相處融洽的兩人，都會為了主村名主的位子互相殘殺。

若讓其他人成為蕾拉的丈夫，只會造成與克勞斯的對立，或是激化主村與其他村落的爭執。

所以即使會背上好色的惡名，父親還是娶了蕾拉小姐為妾。

只要讓繼承自己血脈的人成為下任名主，應該就能讓主村暫時安定下來。

「不管要不要相信，都是你們的自由。反正我已經確定要退休了。」

雖然以地方領主來說，這時退休還有點早，但畢竟發生了這樣的事件，所以也無可奈何。

「赫爾曼，等到開始開發未開發地後，與其他地方的交涉就會增加。你可千萬別重蹈科特的覆轍。」

「我知道了。」

過去那起事件的真相，應該就跟父親說的一樣。

克勞斯雖然隱約也有發現，但身為父親，果然還是想相信事情不是那樣。

而且不負責任的局外人，總是會希望事實誇張一點。在街頭巷尾流傳的可笑陰謀論，也是原因之一。

「那麼，希望你們能允許我傳喚喬安娜和亞美莉過來……」

因為也必須將科特的事情，告訴母親和亞美莉大嫂才行。

幾分鐘後，這次換我向被叫來的兩人說明情況。

兩人都沒有哭泣或是失態，只是表情平淡地聽我說明。

她們大概早就做好了一定程度的覺悟。

「這樣啊……外面的貴族居然……」

自己辛苦懷胎生下的孩子互相殘殺的事實，似乎為母親帶來不小的打擊，並對促成這件事的盧克納男爵感到強烈的憤怒。

雖然現在才說這個也太晚了，但要是他沒有把「怨恨之笛」送來這裡，我們也不需要殺掉科特。

至於科特能不能接受自己被送到教會，又是另一回事。

「威德林，那個貴族應該會被懲罰吧？」

「這我不能保證……」

雖然已經送出報告，但中央的貴族們根本是魔窟的居民。

無法確定他會不會透過某種手段，逃避這項罪名。

「雖說科特自己犯下的罪也很重……我知道了。我會和丈夫一起隱居。」

母親對我應該也有怨言，但還是只能往肚子裡吞。

坦白講，要是她能責備我一下，我的心情也會比較輕鬆。

然後是亞美莉大嫂……

「我早就做好覺悟了。」

亞美莉大嫂的態度也十分毅然。

我本來已經做好被怒罵的覺悟。

「他最近總是在抱怨威德林大人的事情。我和孩子們也怕得不敢接近他。」

明明以前是個溫柔的丈夫，但在父親開始交接統治的實權後，他就逐漸變得傲慢。

在我開始於領地內活動後，他更是變本加厲地說我是來搶奪領地的敵人。

「雖然內容不方便讓外人知道。不過孩子們都很害怕。」

最後他突然開始說些要對我課高額的稅金，再用那筆錢對未開發地進行大規模的開發這類幾乎是妄想的話。

「我完全跟不上他，但又不能告訴公公……」

「妳其實可以找我商量，因為我也有這種感覺。」

然而那些畢竟不是下任當家的正式發言，而是接近夫妻的私密對話，所以亞美莉大嫂才沒有告訴其他人。

但是她的努力全都白費了。

「我怎麼樣都無所謂，只希望孩子們的未來能獲得保障……」

「這部分，我一定會盡力而為。」

「威德林，我也拜託你。」

母親也拜託我照顧亞美莉大嫂和姪子們。

兩人同樣都是從外地嫁來這個偏僻的鮑麥斯特騎士領地並吃了不少苦，所以感情非常好。

「再過幾天，王國那邊應該就會有消息過來。在那之前，各位可以正常生活。不過請不要外出。」

因為是犯下暗殺未遂事件的科特的親屬，所以可能會發生不必要的麻煩。

另外令人同情的是，那五位共犯的家屬，都必須搬出主村。

看是要搬到我新開發的未開發地，還是保羅哥哥的新領地。

因為是這種鄉下，如果不這麼做，犯罪者的遺族會過得非常辛苦，所以這也是無可奈何的處置。

「再來就是要看王國那邊怎麼判斷了。」

結果一切就跟布蘭塔克先生說的一樣。

雖說是大規模的犯罪行為，但犯人已經全部死亡，沒有逮捕任何人的必要，結束與父親的談話後，我們立刻回到正常的生活。

明天還是放個假好了。就連原本代替神父工作的艾莉絲，都請導師幫忙代班。

「雖然學會將聖魔法纏繞在身上，但還需要練習一段時間！關於治癒魔法的事情，就交給在下吧！」

導師不知為何說要代替請假的艾莉絲來處理神父的工作。

雖然麥斯特神父借給他的神父服看起來快被肌肉撐破，但如果只使用治癒魔法，應該是沒什麼問題。

只能祈禱那些原本以為能被艾莉絲治療，到教會後才發現是導師的領民們能夠安息了。

在休息過一天後，我開始每天交替處理領地開發和冒險者的工作。

為了讓新來的移民們能早點進行農事，我接連完成了開發特區的整地和區域劃分，以及許多大規模的土木工程。

在以冒險者的身分工作時，主要則是進入魔之森進行狩獵與採集。

「能夠為了試做食品而進行狩獵和採集的現在，才是最幸福的時刻。雖然我是個貴族，但好像快要變得討厭貴族了。」

在利用魔法警戒周圍的同時，我在避免濫採的情況下，專心地在可可豆生長地採集可可豆的果實。

不過看來其實不必擔心濫採的問題，這裡的果實即使被採走，也只要三天就會恢復原狀，某方面來說還真是可怕。

「從我的立場來看，雖然大家都拚命地想當上貴族，但就算當上了，還是有像威爾的哥哥那樣的人在。」

「人如果一直往上看，會變得沒完沒了……」

「到頭來，我還是無法理解那個人的目標到底是什麼。」

「沒關係啦。因為我也不太能理解。」

艾爾、露易絲和伊娜三人一面採集可可豆的果實，一面聊著科特的話題。

「威爾大人，這個果實好吃嗎？」
「只要加工過，就會變得非常美味。」
「我要努力採集。」
薇爾瑪也全力採集可可豆的果實。
雖然我之後打算試做巧克力或泡熱可可，但因為作法非常繁瑣，所以我決定將這個行程先往後延。
現在就先存一些在魔法袋裡，等之後有空再來處理。
此外我們還採了許多水果，並接連打倒偶爾會來襲擊我們的魔物。
等工作到傍晚，用「瞬間移動」返回位於開發特區的家門前時，我發現布蘭塔克先生、艾莉絲和導師都表情嚴肅地在那裡等待。
「小子，事情變得有點不妙。」
「有點不妙？」
「王都發生了大屠殺事件。」
布蘭塔克先生好像也是剛收到布雷希洛德藩侯透過通訊魔法道具傳來的聯絡。
「好像是那個怨念的殘渣做的。」
那個怨念只花了兩天就抵達王都，並在那裡吸收新的怨念成長，然後將包含盧克納弟弟與他的家人在內的十幾名貴族，以及他們的親屬、家臣和傭人們通通變成殭屍殺害。

之所以會有這麼多人，好像是因為那大舉辦的宴會，剛好將與盧克納弟弟相同派閥的貴族都找來了。

「犧牲者好像超過八十人。」

「不過那個怨念是怎麼找到連見都沒見過的盧克納男爵？」

在那之前，真虧那個怨念有辦法抵達王都。因為用來維持怨念的關鍵——「怨恨之笛」早已被我們回收，而且本體也已經變得焦黑無法使用。

「應該是記得味道吧？」

「味道？」

不死族的專家艾莉絲，開始說明自己的想法。

其實所有的不死族，視力都比還是人類的時候要差。

但相對地，聽覺和嗅覺等功能好像會變強。

「再來就是探測魔力的能力。」

「死了之後，反而變得更接近動物嗎？」

「原因據說是因為殭屍貪婪的食慾。」

總而言之，摻雜了科特人格與意識的怨念，在王都吞食其他怨念成長，然後在聞到怨恨度僅次於我的盧克納男爵的味道後，便動手復仇。

「應該是『怨恨之笛』上，有沾到一點盧克納男爵的味道。」

「原來如此。」

在從黑市買回來後，盧克納男爵應該有碰過「怨恨之笛」。

畢竟是花大錢買回來的東西，他應該會想親自確認實物吧。

「居然只靠別人稍微摸過後留下的味道……」

我對科特強大的怨念感到戰慄。尤其我也是被他憎恨的其中一人。

「當然，一般人不可能探測得到！不過科特是被盧克納男爵交給他的魔法道具殺掉，甚至還被變成不死族！所以應該非常恨盧克納男爵吧。」

由於殺害我的計畫失敗並被迫逃跑，因此才改尋找下一個標的啊。

「不過其實正常來講，那種程度的怨念殘渣根本維持不了一天！由此可見那個男人的執著有多強。」

「可是那份執著，不是引發了大慘案嗎？」

被殺害的主要是名譽貴族，包含三位準男爵與九名騎士爵在內，總共有十二名擁有官職的貴族。

除此之外，就連盧克納男爵與他的妻子、繼承人和女兒，以及傭人和女僕們也全都被殺害，造成滅門血案這種最糟糕的結局。

由於當時正在舉辦宴會，因此有些貴族還帶了妻子、孩子和主要的家臣一起赴宴，導致王都現在是一片混亂。

「盧克納財務卿好像很頭痛。」

長期困擾他的弟弟，連同家族和派閥一起被消滅。雖然正常來講，這應該是件值得高興的事情，但落在他身上的各種雜事，似乎已經讓他精疲力竭。

「唉，我大概能夠想像……」

雖說是反主流派，但一口氣少了十三名財務領域的官員。

就算是反主流派，也不代表他們平常會反抗盧克納財務卿或是偷懶不工作。

為了填補這些空缺，他應該正忙著到處奔波吧。

「此外還要處理大批的陳情者。」

儘管是個令人悲痛的事件，但這對沒有官職的人來說是個大好機會。

導師認為一定會有許多貴族搶著去遞補那些職位，大貴族們也會拜託盧克納財務卿任用自己的兒子或親戚，光是要應付這些人就夠他忙的了。

「大貴族的陳情又不容忽視，要是不至少認真聽對方說話，之後又會變得很麻煩！」

「再來就是繼承方面的問題吧？」

盧克納男爵家連同繼承人一起被滅門，對那些親戚們來說，這是個繼承名譽男爵家的大好機會。

所以當然會有許多人湧入王都內專門管理貴族籍與繼承手續的部門。布蘭塔克先生注意到了這個問題。

「除此之外，在確定繼承人前，還必須保護那些貴族家的財產。」

因為以前曾經發生過在當家剛死的混亂期間，有親戚或自稱親戚的小偷趁機潛入宅第偷走財產，所以在確定繼承人前，政府機關會派遣管理人和警備人員去保護那些宅第。

「問題不只是當家突然死亡這麼簡單。所以之後應該會混亂一段時間。」

然後等事情稍微沉靜下來後，當然就會有人被追究責任。

「對象應該是盧克納財務卿。再來就是我家吧？」

就盧克納財務卿的情況來說，因為這是他弟弟亂來造成的結果，所以其他犧牲者的遺族應該會群起譴責他。

而因為怨念的源頭是科特，所以我家也同樣會被責難。

「等大肆抨擊完後，就會說『只要給我未開發地的特權就原諒你』，這也是貴族的手法！」

「真麻煩……」

雖然這感覺比較像流氓的手法，但其實還有另一件令人困擾的事情。

那就是要怎麼處理亞美莉大嫂和我的姪子們，我本來打算讓姪子們搬到王都生活，等他們成人並取得名譽騎士爵位後，再讓他們繼承家門，但現在已經沒辦法這麼做了。

「看來只能讓他們放棄鮑麥斯特的姓氏，改冠亞美莉大嫂老家的邁巴赫姓……」

即使對象是暗殺事件的共犯，但是科特的怨念殘渣將盧克納男爵全家滅門這件事，還是太糟糕了。

而且還牽連了十幾個不知情的貴族家。

即使改變姓氏，應該還是很難讓亞美莉大嫂和姪子們在王都生活。謠言馬上就會傳開，之後他們一定會被人找麻煩或是中傷。

「包含這方面的交涉在內，必須請小子去王都一趟才有辦法討論。」

「我想也是……」

不過我這邊也有事情要處理，所以實際用「瞬間移動」的魔法飛到王都，已經是三天後的事情了。

第七話　鮑麥斯特伯爵

「跟在下想的一樣！」

「怎麼會有這麼多人……」

四天前，科特的怨念殘渣，屠殺了包含盧克納男爵在內的八十幾人。

就在我們為了商量一些必要事項，前往位於王都的盧克納侯爵家後，發現那裡的正門擠滿了人。

人實在太多，讓我慶幸和我同行的只有導師一個人。

因為要忙著視察和調查新領地，我將原本的護衛，也就是保羅哥哥他們留在鮑麥斯特騎士領地。

保羅哥哥他們下次來王都，應該就是讓陛下授予準男爵爵位的時候。

「這孩子是去世的布魯門索準男爵的孩子！請認領他！」

「盧克納財務卿！我才最適合接任布洛卿的職位！」

「這到底是怎麼回事？」

「因為超過十個貴族家的核心成員，都幾乎全滅了。」

包含當家在內，盧克納男爵家的家庭成員、家臣和傭人都全滅了，因此包含姻親在內的許多人，都跑來這裡主張自己才最適合擔任下一任盧克納男爵，而其他家別說是當家和正妻了，有些家不只長子，連其他孩子都死光了，許多人為了繼承那些人的爵位和官職，都一齊跑來這裡陳情。

「不過為什麼是跑來找盧克納財務卿？」

「因為擔任派閥領袖的那位弟弟，全家都被滅門了。既然如此，即便兩人以前是敵對關係，剩下的事情當然還是只能全部交給哥哥處理！」

而且那位哥哥既是財務卿，又是侯爵。

比起到已經死亡的盧克納男爵家前面陳情，然後被警備的衛兵趕走，不如設法取得位居高位的盧克納財務卿的保證，還比較有用。

「那麼，果然還是交給財務卿閣下比較好。」

「沒錯。」

話雖如此，我這邊也隨時都可能收到受封新領地和開始開發的命令，所以也沒什麼空閒。

必須盡快取得關於亞美莉大嫂和姪子們待遇的保證。

當然在來這裡之前，我已經先跟其他人貴族們打過招呼了。

霍恩海姆樞機主教馬上就答應我的請求，並約好在謁見陛下時會支持我的意見。

艾德格軍務卿則是對我說「薇爾瑪是我的養女！你應該知道這代表什麼意思吧？」，而我也馬上點頭回應。

換句話說，就是我答應絕對會娶薇爾瑪。

只要答應這個條件，他似乎就會協助我。

因為薇爾瑪很可愛，所以我本來想馬上就答應，不過這麼做會讓妻子們的順位產生變化。薇爾瑪原本是準男爵家的女兒，所以必須讓她排在艾莉絲的後面。

即使露易絲和伊娜都表示不介意，但還是必須顧慮到她們的感受。

我在心裡咒罵明明是個和導師差不多的肌肉男，但頭腦卻很精明的軍務卿。

剩下的內閣官員也都打過招呼了，但他們沒特別說什麼，就答應協助我。

大概是打算等我受封未開發地後，再來向我討人情吧。

「總而言之，得先和盧克納財務卿見面。」

雖然這裡和之前聽說的一樣聚集了很多人，但也不能嫌麻煩就回去。決定先進盧克納財務卿家再說的我和導師，一起推開群眾抵達正門，向那裡的警衛搭話。

「這次又是哪位的親戚啊？還是哪位偷藏的私生子？」

我本來還在想這警衛真是囂張，但連日面對這些煩人的傢伙，應該已經讓他精疲力竭了。

即使看見我和導師，他也沒有馬上認出我們。

「請幫忙通報你的主人盧克納財務卿，說王宮首席魔導師阿姆斯壯子爵與鮑麥斯特男爵登門拜訪。」

「咦！阿姆斯壯子爵大人和鮑麥斯特男爵大人！真是太失禮了！」

看來他的主人事先就有收到我們會來拜訪的通知。

守衛急忙換上恭敬的語氣，帶領我們進門。

「鮑麥斯特男爵大人！這孩子真的是布魯門索準男爵的孩子！請您務必幫忙說情！」

「我和王都的鮑麥斯特卿交情非常好！請您轉告盧克納財務卿閣下，務必讓在下克利斯提亞繼承馬騰斯坦大人的騎士爵位！」

一知道我和導師都是能輕易進入宅第的知名人士，這群人甚至開始拜託我們各種麻煩的事情。

「要是一一理會，只會沒完沒了！」

只要有貴族去世，就一定會跑出這種人。

和貴族有往來的風塵女子，或是以前在宅第裡工作過的女僕，都會帶著自稱是和那位貴族生的孩子跑來要求認領。

這個世界沒有ＤＮＡ鑑定，因此如果沒有死者在孩子出生時寫下的證明，事後幾乎都無法被認領。

而且能夠被認領的孩子，原本就會在剛出生時直接被認領。

再來就是有些沒有職位的貴族，會主張根本不存在的緣分或交友關係，打算藉此繼承那個職位。

這些人基本上都很閒，所以好像每天都會跑來。

「不好意思勞駕兩位跑這一趟……」

我們一進屋，主人盧克納財務卿就頂著黑眼圈出來迎接我們。

「那個，你沒事吧？」

「哎呀，從事件的隔天開始，屋外就一直是那個樣子，而且我還要忙著安葬那些死者。除此之外……」

負責管理貴族籍和處理貴族家繼承手續的貝克內務卿，以及他底下的執行長的家門前，似乎也是類似的狀況，昨天還到王城講了一些接近挖苦的怨言。

「真是辛苦你了。不過我們這邊也有事想拜託你，可以嗎？」

「是關於引發暗殺未遂的長男的孩子們要怎麼處置吧？這我會想辦法。不過在那之前有一個問題……」

盧克納財務卿一臉愧疚地傳達的內容，讓我大為震驚。

「啊？讓羅德里希成為下一任的盧克納男爵？」

雖然這也很令人驚訝，但更誇張的是，盧克納男爵在科特引發暗殺未遂事件後，居然一臉若無其事地跑來提供盧克納財務卿關於交給科特的魔法道具的情報，最後甚至還說要認領羅德里希，藉此要求我們分特權給他。

而且盧克納財務卿還答應了，這又更令我驚訝。

「為什麼要答應那種要求！」

「因為他不像之前跟您決鬥的海特公爵那樣，是個愚蠢的現行犯。我們沒有足以逮捕他的證據……」

明明自己就是共犯，居然還一臉若無其事地跑來出賣科特，裝成善良的情報提供者。

而且即使會被周圍的人冷眼看待，他還是毫不畏懼地擅自認領羅德里希，打算透過這層關係要求特權。

沒想到居然會有這麼不要臉的人。

「他好像就是因為覺得事情順利，才會召集派閥底下的人舉辦宴會。」

然後就這樣從天堂跌到地獄。

而且原因還是被他當成笨蛋捨棄的科特，這實在讓人笑不出來。

簡直就是因果報應。

「就像是追老鼠的貓，最後反而被老鼠咬到脖子失血而死。」

「話說他認領羅德里希的事情，有獲得本人的許可嗎？」

「就法律上來說，沒有這個必要。」

對貴族家來說，當家的權限是絕對的。

當家認領孩子時，完全不需要獲得孩子的同意。

「因為難得貴族要認領孩子，如果還要討論許可的問題，就表示那孩子是個無可救藥的傢伙。」

從盧克納男爵的角度來看，他只是想在認領羅德里希後，透過這層關係要求特權。因為他已經有繼承人，所以別說是爵位了，他應該連一點財產都不打算分給羅德里希。

某方面來說，他還真是個差勁到令人佩服的傢伙。

雖然也可以說他真像是個貴族。

「不過也因為這樣，事情變得有點麻煩。」

由於宴會是在盧克納男爵家舉行，因此他的家人全都死光了。

「他的長男和長女都死了。正妻也沒有其他的孩子。這麼一來……」

已經被認領的次男羅德里希，就成了最有力的繼承人候補。

不過這麼一來，可能會對開發未開發地的業務造成極大的妨礙。

「請別搶走我的首席家臣兼代理官。」

因為羅德里希是我在未開發地開發方面的代理人，所以我給他的待遇，當然是能夠世襲的首席家臣。如果他繼承了盧克納男爵家，這件事一定會徹底告吹。

「這樣又要重新開始找代理官了。」

當然隨著開發的進度延遲，大家的怒氣應該都會指向盧克納財務卿。

他一定又會被陛下與所有內閣官員挖苦。

「我知道……雖然知道……」

分封給我的未開發地，將成為鮑麥斯特伯爵領地。因此如果羅德里希繼承了名譽男爵家，就無法繼續擔任我的家臣。

「原來如此，這樣將招來許多非難呢！」

「這些事從昨天開始，主要的內閣官員、霍恩海姆樞機主教和陛下就已經都跟我講過了！那個混帳！連死的時候都要給我添麻煩！」

盧克納財務卿難得激動地口出不像貴族會說的惡言。

「那你打算怎麼辦？」

「還能怎麼辦，當然只能讓盧克納男爵家就此斷絕了。至於其他追隨那個勢力的人，也只能一個一個想辦法安置。真是的，居然替我增加這種無聊的工作……」

由於針對姪子們待遇的陳情已經傳達完畢，詳細的處分明天將在陛下面前發表，因此我那天就先回自己在王都的家，準備隔天再進王城。

隔天，我和王城派來的使者一起進城，但最後走進的不是謁見廳，而是一間經常用來開會的房間。

「首先要發表那個罪人的處分。所以晚點才會用到謁見廳。」

「那麼，快點宣布處分內容吧……」

已經在房間內的陛下一催促，盧克納財務卿馬上就發表處分內容。

首先是盧克納男爵，作為暗殺未遂事件的共犯，他的家門將被解散，財產也會全部被沒收。反正現在已經沒有會抱怨的家屬，順利的話，或許那些覬覦爵位與官職的姻親們，也會在看到這個處分後安分下來。

「找到證據了嗎？」

「布雷希洛德藩侯好像為了確保證據，事先布下了天羅地網。」

將魔法道具交給科特的自由冒險者，現在應該正在走山路前往布雷希柏格，而盧克納財務卿似乎也發現有人想要抓住他。

「在盧克納男爵的家臣中，有幾個人目前下落不明。大概是被派去收拾那個冒險者了。只要能逮到其中任何一邊，就能確保證據。」

要是盧克納男爵還活著，這些處分應該會進行得更加慎重，但遺憾的是，他已經不在人世。

既然如此，還是早點把事情處理完比較好。

「其他貴族則是撤銷職位吧。」

那十二名貴族，似乎都是精通自己職務的專家。

即使當家猝死，也不可能馬上讓他們的孩子接替那些職位，所以這也是理所當然的處置。

「讓底下的優秀人才升職，讓新人進來培養經驗。」

能透過這種方式錄取的生手，一般都是靠父母的門路進來的家族繼承人。

然後他們大多能晉升到和父母相同的職位。

有任官職的名譽貴族家，通常親子都會不斷重複這樣的晉升方式，但也有很多當家猝死，留下的孩子又過於年幼的例子，在這種時候就很難讓他們進入政府部門就職。

因此這次可以說是對那些沒有職位的貴族，開放了十二個機會。

當然背後應該展開了激烈的爭奪戰，但這就不是我能知道的事情。

「有孩子的還算好處理。因為有人能繼承爵位。問題是……」

有一個準男爵家和三個騎士家沒有留下子嗣，現在他們的親戚和姻親全都不請自來。

「這部分只能按照貴族法處理。不過……」

「詳情就等到了謁見廳後再說吧。」

處分在會議室，褒獎則是在謁見廳舉行。這似乎是赫爾穆特王國的慣例。

我遵照陛下的命令前往謁見廳，並在那裡發現幾個出乎意料的人物。

「赫爾穆特哥哥？埃里希哥哥？」

「是威爾啊……我聽說科特哥哥的事了……」

「沒想到會是這種結局……」

我大概猜得到哥哥們為什麼會被叫來這裡。

不如說，只有可能是因為科特的事件。

他悲慘的結局，以及靠異常的執著引發的大屠殺，造成了不少衝擊。

不過根據那些負責淨化怨念集合體的神官所言，那個實際進行虐殺的不死族，完全不具備任何科特的身體特徵。

在幾乎被殭屍吃得只剩下骨頭的盧克納男爵的遺體前面，只有一團由直徑約三公尺的黑煙構成的大臉讓眼睛閃耀著紅色光芒，發出詭異的笑聲。

之後那個不死族就毫不抵抗地讓神官們淨化。

雖然未能成功殺死我，但在殺了害自己變成那樣的盧克納男爵後，科特就滿足了嗎？

因為我不是科特，所以無法理解他的真意。

「盧克納男爵沒有仔細確認被詛咒的魔法道具，就直接交給科特哥哥，最後死於魔法道具的反作用力，這是官方的見解。」

根據埃里希哥哥他們從王國那裡聽到的說法，我的暗殺未遂事件是科特所策劃，之後的盧克納男爵屠殺事件，則是男爵自己沒有好好確認魔法道具的效果就隨便交給他人的結果。

透過官方見解讓盧克納男爵的罪看起來輕一點，應該是考慮過輿論後的結果。反正無論如何，他都被當成共犯看待，家門也將因此斷絕。

「那麼，請你們三位過來是有理由的。」

首先傳達的消息，是赫爾穆特哥哥和埃里希哥哥的爵位將升為準男爵。

「為什麼？」

「陛下，我們並沒有立下任何功績……」

「不是完全沒有。你們每天都有確實完成被分派到的工作。」

「這點其他貴族們也是一樣……」

陛下笑著回答埃里希哥哥的問題，但表情明顯是在說「不要反駁，接受就對了」，發現這點的埃里希哥哥，也坦率地接受了升爵的獎賞。

「再來是鮑麥斯特男爵。」

雖然在科特死後又擱置了將近一個星期，但王國總算將未開發地分封給我。

「基於繼承人引發的醜聞，朕下令沒收鮑麥斯特騎士領地的部分未開發地。詳細的沒收領域之後會再傳達，剩下的所有未開發地，都分封給晉升為伯爵的威德林．馮．班諾．鮑麥斯特。」

「謹遵陛下的旨意。」

我從陛下那裡獲得伯爵爵位與未開發地，這樣與老家有關的混亂總算大致都解決完了。

「簡單來講，就是補償費！」

在我被晉升伯爵後，導師邀請我、赫爾穆特哥哥和埃里希哥哥到他家作客，然後開始針對今天的褒賞儀式闡述自己的見解。

話雖如此，導師和陛下是非常親密的朋友。

導師的見解，就等於是陛下的想法。

「王國為了開發未開發地，指派鮑麥斯特伯爵去設法讓科特被廢嫡，結果不僅釀成了那場失控劇，甚至還讓在中央肩負要職的人參與了這件事！特地獎賞兩位哥哥，應該是對鮑麥斯特的顧慮！現在正在調查領地預定地的保羅大人，應該也很快就能獲得準男爵的爵位和屬於自己的領地！」

「的確，要是我拒絕的話也有點尷尬。」

根據導師的說明，因為我的獎賞一開始就已經定好了，要是突然增加太多，我可能會拒絕。不過如果是讓哥哥們升爵，那我就無話可說，所以才會突然把他們找來升爵。

「呃……可是突然升爵，周圍的視線會變得很不舒服。」

「赫爾穆特哥哥平常是在水源地警備，所以還算好的了。我的職場可是……」

突然被傳喚，然後突然就被升爵。

這樣周圍的視線，應該會讓兩人覺得很不自在吧。

「而且老家的繼承人明明才剛爆出大醜聞。馬上就升爵也太奇怪了。」

「反正這件事原本就會為你們帶來一段時間的不愉快，所以陛下才會決定替兩位升爵！」

貴族們也不是笨蛋，無論是盧克納男爵也是暗殺未遂事件的共犯，還是我之後將開始開發未開發地的事情，他們心裡應該都很清楚。

因此按照導師的預測，他們反而應該會立刻來接近我們。

「那樣也很討厭……而且我已經實際受害了。」

開發未開發地的傳聞，好像已經在王都的貴族間傳開了。

埃里希哥哥馬上就被職場的上司和同僚拜託，希望能讓他們的兒子成為我的家臣。

「對不起，給你添了麻煩。」

「沒關係，因為我全都推給盧克納財務卿了。」

埃里希哥哥似乎巧妙地用「這種事的決定權，都是掌握在大人物的手裡，我根本就不能怎樣……」的藉口，順利蒙混過去。

結果加上之前的盧克納男爵家滅門案，現在又有更多的人跑去盧克納財務卿的家。

受到牽連的蒙傑拉子爵那裡，也湧入了大量陳情者。

不過因為他是盧克納財務卿的附庸，所以這也是無可奈何的事情。

「話說我家也一樣。」

雖然赫爾穆特哥哥平常都是在森林裡的水源地負責警備工作，但前陣子因為警備人手不足，所以他只募集了一個人員。

「我明明只徵一個人，結果報名者卻超過三百人。」

來報名的人不知為何，人多都是侯爵家的三男或伯爵家的次男之類的人。

「他們大概是認為即使沒被錄取，也可能會被推薦為威爾的家臣吧。所以或許他們單純只是來吸引注意而已。」

「對不起。」

「我們平常都是窩在森林裡警備。所以不怎麼在乎世間的傳聞。而且我也當上了準男爵。」

不過配合這次的升爵，赫爾穆特哥哥管理的森林好像又多了一個。

「因為是鄰接的森林，所以沒有想像中那麼麻煩，不過這樣又必須請人了……這次不曉得會有多少人來報名？」

因為是在騎士爵家或準男爵家警備的森林裡工作的人員，所以募集的對象通常是前冒險者、平民之子，或是騎士爵家排行第三以下的孩子，就算伯爵的小孩跑來應徵，也只會讓人感到困擾。

「就算錄取那種人，也很難命令他們。」

「對吧？」

要是一個不小心和那個人起了爭執，並因此招惹到對方的伯爵父親就麻煩了。

所以按照貴族的常識，一般是不會錄取地位那麼高的貴族的小孩。

「我好像也升職了。」

「那真是恭喜了。」

「不過是最低階的預算執行委員……明顯是要我當威爾的聯絡人。」

雖然是用我的資金來開發，但王國也不是完全不會援助。

而且畢竟是從頭開始建立的伯爵家，應該能成為多餘的貴族子弟們的有力就職地點。

王國似乎會針對僱用方面提供補助金，而管理這些預算，就是埃里希哥哥的工作。

「我被告知等未開發地的開發有一定程度的進展後，還會再被升爵。」

「這表示？」

「想必是頂替那個人的位子。」

雖然或許不會同樣是會計監察長，但因為財務領域少了一個名譽男爵，所以那個位子將會由埃里希哥哥來頂替。這樣又能賣我一個人情。

「話說威爾也有獲得追加的獎賞吧。」

「咦？」

配合過去的功績、探索那塊未開發地與魔之森的貢獻，以及製造開發新領地契機的功績，我獲得了追加的獎賞。

首先是被解散的盧克納男爵家的所有資產。

雖然包含發生那場慘劇的宅第，但在找說不需要後，好像馬上就被賣給仲介業者換成現金。

那個仲介業者一定是里涅海姆先生。

從教會趕去案發現場淨化殘餘怨念的神官們，當時也一併淨化了前盧克納男爵邸。

不過才剛發生過那種慘案，短期內應該不會有人想利用那棟房子，所以暫時也只能放著生灰塵。

這對里涅海姆先生來說，想必是個賺錢的好機會。

「我聽盧克納財務卿說，那裡的倉庫好像藏了不少資產。」

「我記得總價值約有五千萬分。」

幾乎有一半都是金幣，剩下則是美術品和魔法道具。

「就算有在中央任職，那對名譽男爵來說也太多了吧。」

「畢竟是那個男人！從有許多美術品和魔法道具來看，他應該給了黑市不少方便吧。」

即使規模不大，盧克納男爵還是要在獨自維持派閥的情況下，對抗侯爵兼財務卿的哥哥。

養小弟這種事，應該要花不少錢吧。

「那些錢能用在開發上，所以倒是沒什麼關係。」

無論是誰透過什麼樣的手段取得，錢就是錢。只要拿去當開發資金，就不會有任何問題，不過

我還被迫收下另一個麻煩的東西。

「你還得到了幾個爵位的缺吧？」

「雖然很稀奇，但也不是沒有先例！」

在因為被盧克納男爵牽連而不幸身亡的貴族們當中，有一個準男爵家和三個騎士爵家沒有直系子嗣。我得到了能自由將這些爵位賜予別人的權利。

「王國以前也曾經因為顧及擁有廣大領地的貴族的狀況，而開過這樣的先例！」

獲得這項權利的大貴族，能夠分割自己的領地，讓次男以下的孩子成為準男爵或騎士爵。

「表面上是為了避免因為繼承問題產生混亂！實際上……」

某方面來說，王國這麼做也是為了削弱大貴族的實力。

似乎是期待大貴族的領地，會隨著子孫變多而被愈分愈小。

「不過鮑麥斯特伯爵需要這個權利吧？」

「的確需要。」

其實我本來預定讓亞美莉大嫂和姪子們在王都生活，但因為那起虐殺事件帶給大家的印象實在太過強烈，所以這個計畫已經不可能實行。

現在只能暫時讓他們在鮑麥斯特騎士領地內生活，直到事件造成的影響平復，再讓他們到王都念書。

「科特哥哥的孩子們啊……」

「是的。等他們成人後，我會將爵位與領地分給他們，視為分家看待。」

雖然我對科特有點意見，而且實際上他也真的想殺了我，但我並不恨亞美莉大嫂和姪子們。將來他們或許會把我當成父親的仇人，但這也是無可奈何。

「這樣總算能開始開發未開發地，陛下也能放下心中的大石！那麼，既然該說的都說完了，就一起來吃午餐吧！」

在阿姆斯壯子爵家吃完午餐後，赫爾穆特哥哥回森林警備，埃里希哥哥也返回職場。

我預定和導師一起用「瞬間移動」返回鮑麥斯特騎士領地，不過……

「導師，我的肚子快撐破了。」

「年輕人就應該要多吃一點！」

「胃的容量早就固定了！」

「你在說什麼啊！就算暫時吃飽了，只要休息一會兒就能繼續吃下去！」

「你是哪裡的大胃王冠軍啊！」

考慮到外界的眼光，導師還不至於端炸雞塊出來，但他還是準備了分量非常誇張的套餐，而且按照導師家的餐桌禮儀，好像一定要讓客人再續一次相同的套餐才行。

雖然餐點很美味，但姑且不論平常就有透過森林警備活動身體的赫爾穆特哥哥，這對平常坐辦公桌食量又很小的埃里希哥哥來說，應該是一項嚴峻的挑戰。

再加上導師有四位太太與十八個孩子。

儘管身為貴族之子的他們不會在吃飯時大吵大鬧，但在用餐前還是會纏著我要土產，或是要我說些有趣的事情給他們聽。

第一次來導師家的赫爾穆特哥哥和埃里希哥哥，在看見那副光景後似乎都啞口無言。

「我們家根本就比不上。」

「雖然我有聽過傳聞……」

不過導師家的孩子們穿的衣服都很好，而且所有人都能受到最高程度的教育。

幾名已經成年的孩子們現在不在家，身為繼承人的長子在當軍人，其他孩子則是成為冒險者，或是開始做新的生意。

「咦！還有人是在做生意啊！」

儘管赫爾穆特哥哥覺得很驚訝，但這似乎是這個家的教育方針。

將來只有身為繼承人的長男會繼承爵位，其他人都必須尋找自己的生存之道。

相對地，所有人都能平等地接受教育，而且還能分到財產，這對貴族家來說好像是件非常稀奇的事情。

「還能分到財產啊！」

「因為導師的狀況有點特殊。」

導師還在當冒險者時，累積了不輸師傅的財富，此外還有名譽子爵家的年金、王宮首席魔導師的薪水、雙龍勳章的年金、討伐古雷德古蘭多時獲得的獎賞，以及幾個名譽職位的津貼。而且他現在只要一有空，都還是會出去狩獵。

他最近似乎特別喜歡去離王都不遠、和利庫大山脈一樣是飛龍棲息地的「崑崙山地」。

他每個月都會去那裡獵兩、三頭飛龍回來。

對一般人來說只能算是威脅的飛龍，對導師來說只是有效率的賺錢手段。

「咦？導師不是已經退休了嗎？」

「冒險者的退休宣言，其實沒什麼意義……」

冒險者的退休宣言，其實只是在到了一定年齡實力開始衰退後，能夠用來拒絕公會或王國的強制委託的藉口。

所以即使偶爾去打工狩獵，也不會被人問罪。

不如說因為魔物的素材總是供不應求，所以公會還希望他們能多努力一點。

「有空就會去狩獵飛龍的冒險者，大概也只有導師了。」

「沒錯，我們就算有時間也辦不到。」

也因為這些收入，導師家在所有名譽子爵中，也算是壓倒性地富有。

就連那位霍恩海姆樞機主教，都曾說過「雖然我因為是教會幹部，所以和其他名譽子爵家比起來算是相當富有，但和導師家相比還是毫無意義」。

「這個阿姆斯壯子爵家，是因為在下的魔法才得以成立的家！所以等在下死後，也只能變回普通的名譽子爵家！」

因此他才想將財產分給所有的孩子，讓這個家變回普通的名譽子爵家。

即使如此，到時候還是會比其他名譽子爵家富裕許多。這表示導師賺的錢就是這麼多。

「遺憾的是，在下沒有女兒……」

阿姆斯壯家好像原本就是比較容易生下男丁的家系。

而導師的孩子們，也全都是男性。

「要是我有女兒，就能讓她嫁給鮑麥斯特伯爵了，實在是令人遺憾！」

「這樣啊……（得救了……）」

從我的角度來看，能夠避免叫導師岳父，實在幫了我一個大忙。

因為他的女兒感覺會像父親……我想說到這裡應該就夠了。

「不過鮑麥斯特伯爵接下來應該會很辛苦！」

「不，因為我會把所有的事情都丟給代理我的羅德里希。」

關於未開發地的開發，我打算繼續維持出完錢後，就把事情都丟給別人的態度。

所以一想到之後總算能回去當冒險者，就讓我感到非常安心。

第八話 開始開發鮑麥斯特伯爵領地

在處理完與老家有關的各項騷動與事件後，我們總算要開始開發未開發地。

從王家那裡獲得大部分的未開發地與伯爵的爵位後，本家也改成由我繼承。

雖然只是一些瑣碎的程序，但如果不這麼做，就會變成赫爾曼哥哥繼承的騎士爵家才是本家，我的伯爵家是分家的奇妙狀態。

本家與分家的交替本來就偶爾會發生。

隨著時間流逝產生的盛衰榮枯，在每個世界都是常有的事情。很少有名家不會沒落。

不過這並不表示鮑麥斯特騎士爵家就此滅亡或沒落。

因為他們在這次的事件中，並沒有被處罰。

利庫大山脈以南的未開發地，大部分都成了鮑麥斯特伯爵領地，而我在繼承本家後，也成了他們的宗主。

在我底下，有過不久預定會成為男爵的赫爾曼哥哥繼承的舊鮑麥斯特本家，以及保羅哥哥被授予的準男爵家，除此之外，未來我打算也分封騎士領地給亞美莉大嫂的孩子們。不過姪子們不會冠鮑麥斯特的姓。

他們將一起冠上亞美莉大嫂老家的姓邁巴赫。

至於家臣方面，我也開了幾個名額給和邁巴赫家有關係的人。

他們因為科特的事情而無法分到特權，所以必須稍微照顧他們一下。

然後關於亞美莉大嫂未來的去向，她似乎打算留下來養育孩子們。

「妳明明還很年輕，真的不考慮再嫁嗎？」

「我都已經生過兩個孩子了，即使再嫁，好一點也是當退休老人的後妻，再不然就是成為商人的妾。我已經不會再結婚了，我必須好好養育孩子們才行。」

要是他們變得像科特那樣也很困擾，所以她似乎也打算教他們寫字與計算。

「而且我不想回去，實在不曉得老家會怎麼說我……」

從邁巴赫家的角度來看，科特這次的失態對他們來說應該是青天霹靂。

明明只要正常應對，應該就能讓領地透過女婿的關係，從開發未開發地產生的需求沾到一點好處，然而現在嫁過去的女兒成了暗殺未遂犯的妻子。邁巴赫家現在當然沒立場請求我分一些利益給他們。

即使亞美莉大嫂回老家，也只會被當成礙事的累贅。

「我會和公公婆婆，一起搬到保羅大人的新領地。」

儘管父親已經退休，但要是他繼續留在鮑麥斯特騎士領地，當上新領主的赫爾曼哥哥應該會不好發揮，所以他將會搬到保羅哥哥開始開發的領地。

保羅哥哥的領地也是要從頭開始開發，所以父親以前作為領主的經驗，在那裡應該也有發揮的機會。

和科特一起襲擊我的其他共犯的家屬，也會一起搬去那裡。

那起事件最大的被害者，無疑就是他們。

因為他們突然被告知自己的祖父或父親，是貴族暗殺未遂事件的共犯。

那些共犯似乎都是祕密參與，事先完全沒跟家人商量。

雖然這原本就不是能輕易和家人商量的事情，但等他們知道的時候，一家之主不僅已經去世，還成了暗殺未遂的犯人。

不管在哪個世界，犯罪者的家屬都會飽受周圍的偏見，為了避免這點，只能請他們搬到新的領地。

根據調查的結果，保羅哥哥的領地內有一塊適合開發成水田的溼地，我會盡可能在早期先用魔法完成一定程度的開墾。

至於家的部分，我則是再次委託了林布蘭特男爵。以後預定也會再委託他好幾次。

「鮑麥斯特伯爵最近真是忙碌哩。」

他還是一樣操著奇妙的關西腔，但看來盧克納財務卿似乎有事先拜託他優先處理我這邊的工作。

有鑑於他弟弟的事情，如果不做到這種程度，或許他能得到的特權將被大幅削減。

「亞美莉大嫂，我之後會再帶土產過去玩。」

「請您務必光臨。因為對孩子們來說，鮑麥斯特伯爵大人是屠龍的英雄。」

「雖然同時也是他們的殺父仇人。」

「這方面的詳情，等他們長大之後，我會好好向他們說明。」

在親眼確認父親、母親和亞美莉大嫂搬到保羅哥哥的新領地後，我總算開始開發鮑麥斯特伯爵領地。

首先必須做的事情，就是決定要將伯爵領地的根據地設在哪裡？

「話雖如此，能當成參考的情報來源，就只有我自己畫的地圖。」

至今從來沒有人測量過未開發地，並做出精確的地圖。

就只有我為了使用「瞬間移動」而親手製作的地圖，而這終究也只是外行人的作品。

或許沒什麼參考價值也不一定。

「主公大人，現在時間是關鍵。正確的地圖，只要之後再僱用專家製作就行了。我們先出發吧。」

「要去哪裡？」

「選定候補地。」

才剛成立且人數稀少的鮑麥斯特伯爵家，現在仍在接受開發特區的照顧，並在那裡的房子裡建立了一間對策室。雖然我們預定盡快選好根據地，然後將據點轉移到那裡，但在我們之中，只有一個人異常地有幹勁。

那就是從總管晉升為代理官，順利的話預定將成為家臣之首的羅德里希。

「鄙人認為還是實際去現場看會比較快。」

羅德里希說得很有道理。實際去現場看，在各方面都比較省事。

「候補地點已經縮減到三百五十六個了。」

「好多。」

「因為根據地這種東西無法輕易變更，否則會對將來的子孫們帶來很大的負擔。」

羅德里希說得非常正確。

而且分封給我的並不是已經有人居住的土地。正因為是無人居住的土地，所以才更應該要好好計畫，這是羅德里希的想法。

「只要把候補地點都繞過一遍就行了吧？」

「是的，靠主公大人的『瞬間移動』，應該一天就能結束。」

「什麼？」

我忍不住在句尾加個問號。

因為要在一天之內繞完三百五十六個候補地點，也難怪我會感到驚訝。

「主公大人！建立鮑麥斯特伯爵領地，是陛下也在關注的大事業！如果能夠讓預定行程提前，就應該要盡快行動！」

自從獲得有意義的工作後，羅德里希就變得非常拚命。

我想起前世曾在電視上看過的某位網球教練，羅德里希給人的感覺和他非常相像。

「主公大人的魔法，是一切的關鍵！」

「我知道了啦……」

看見羅德里希這麼拚命，我只好答應他的要求，也可以說是被他的氣勢壓倒。

「哈哈哈，威爾也真辛苦。」

「你在說什麼？艾爾文也要一起來啊。」

「我也要去嗎？」

原本以為巡迴候補地點與自己無關的艾爾，在聽見自己也要參加後忍不住大聲問道。

「那還用說，因為艾爾文是主公大人的護衛。」

「唔唔！說得太有道理，我完全無法反駁……」

「雖然鄙人也會保護主公大人，但這種事不容許任何萬一。麻煩夫人們看家，並代為處理一些工作。」

「我知道了，你們要平安回來喔。」

「大家要加油喔。」

「留下我和薇爾瑪，是為了保護這邊的安全嗎？」

「威爾大人，路上小心。」

艾莉絲她們也不是留下來玩。

等決定好根據地後，就要以那裡為據點進行開發，所以必須先做好搬家的準備。

此外羅德里希不在時，還是要有人幫忙應付來訪的商人，或是希望搬來這裡的移民，這些事情由艾莉絲負責，其他三人則負責輔佐她。

「請放心，一天就會結束。」

「（艾莉絲，一天不可能做得完啦。）」

「（我想那應該只是一種說法……羅德里希先生也知道實際上要花好幾天。）」

聽完艾莉絲的說法後，我們開始巡視候補地點，但這傢伙真的打算一天就把事情做完。

「這裡的地基不太好。離山近，擴張起來也很費工夫……去下一個候補地點吧？」

雖然羅德里希的年齡，就像是一個好不容易被分派到有意義工作的新進員工，但他其實非常優秀。他快速又正確地觀察候補地點，進行評價，然後將注意到的事情記錄下來。

「艾爾文，你就以主公大人的安全為第一優先！」

「我知道了！」

他還不忘提醒雖然是來擔任護衛，但因為沒什麼事情做而看起來很閒的艾爾。

這表示他是個對部下的偷懶很敏感的優秀上司。

「這工作低調歸低調，但意外地累人呢……」

雖然在無人的未開發地不需要擔心刺客，但因為有可能被野生動物襲擊，所以必須持續維持緊張感。

相較於因為連續使用「瞬間移動」而不斷消耗魔力的我，艾爾在不同的意義上也非常疲憊。

「幸好最後有按照預定，視察完所有的候補地點。」

「（一點都不好！話說為什麼羅德里希先生看起來那麼有精神？）」

「（我也不知道，總之我的魔力已經到了極限，現在好睏……）」

結果如同羅德里希的宣言，我們一天就巡視完所有的候補地點。

天色已經暗了下來，我和艾爾回家吃完艾莉絲她們做的晚餐後，就睡得不省人事。

「主公大人，早安。」

「威爾，這個人為什麼這麼有精神？」

「誰知道？」

艾莉絲告訴我們，在我和艾爾睡著後，羅德里希仍徹夜進行從視察過的候補地點中挑選根據地的作業。然而他從早上開始，就比所有人都有精神。

我和艾爾都為羅德里希的強韌感到驚訝。

「根據地的地點，終於正式決定了。」

吃完早餐後，在被當成對策室的房間內，羅德里希攤開地圖放在板子上，向大家說明那個地點。

「雖然也有考慮過設置在海邊，但因為魔之森的存在，將來擴張時可能會造成問題。於是就選了這個地方。」

羅德里希指的地方，位於未開發地的正中央，那裡有一片廣大的草原。

「如果是這個地方，就算將來人口增加想要擴建城鎮也很容易，移動則是靠陸路和魔導飛行船吧？」

「伊娜大人，您說得沒錯。這裡的地基也很穩固，更重要是地形平坦。」

「魔導飛行船的事情有著落嗎？」

「這鄙人也考慮過了。」

羅德里希毫不猶豫地回答伊娜和露易絲的疑問。

「各位之前從地下遺跡發掘出許多魔導飛行船。隨著飛行船的數量增加，飛往這個未開發地的航線的定期航班，也已經定下來了。」

羅德里希已經和王宮交涉過，並定好了魔導飛行船的定期航班。

每星期都會有一個依序在王都、布雷希柏格和根據地預定地之間往返的航班，同時也擬定了讓小型船在領地內航運的計畫。

「不愧是羅德里希。」

「不，這都是拜主公大人的威望所賜。」

明明還這麼年輕，卻能幹到驚人的地步。

我前世剛從學校畢業的時候，周圍應該沒有這麼能幹的人。

雖然我現在也能確定沒這種人。

「威爾大人。」

「薇爾瑪，什麼事？」

「城鎮的名字。」

「差點忘了這件事。」

因為是在空無一物的地方建立大型城鎮的計畫，所以必須決定城鎮的名字。

既然那裡將像布雷希柏格那樣，成為鮑麥斯特伯爵領地的中心都市，應該要好好想個名字……

「想不出來……」

因為我原本是日本人，所以不習慣德國式的命名。

沒想到會有這種意外。即使取名為「新京」，應該也沒人知道是什麼意思。

「主公大人，鄙人覺得正常地取名為鮑爾柏格就行了。」

「這名字的確是沒什麼好挑剔的。」

「比起硬要想些古怪的名字，還是普通點比較好。」

因為薇爾瑪也這麼說，所以就決定叫鮑爾柏格了。

既無可非議，感覺又是中央的大人物們也想得到的名字，這樣對方應該也不會有意見。

「主公大人，既然已經決定根據地和名字，接下來就來準備收容人員吧。」

「收容人員？」

「是的，因為必須讓先遣工程隊和警備部隊，能夠在根據地那裡過夜才行。」

按照羅德里希的說法，即使馬上就用魔導飛行船派人到那裡，在毫無準備的情況下，還是有可能失敗，所以必須先去那裡做好一定程度的準備。

「真辛苦呢。」

「您在說什麼啊？這件事要由我們來進行。」

「由我們？」

「是的，目前能直接移動到那裡的人，不是就只有主公大人嗎？」

「說得也是……」

在向王宮與布雷希洛德藩侯報告鮑爾柏格的建設預定地後。對方表示除非當地能夠讓魔導飛行船起降，否則沒辦法派船過來。

「因為人數太少，如果在當地過夜會有危險。所以就將人數限定在能靠主公大人用魔法運送的程度吧。」

於是我們在聽完羅德里希的說明後，用「瞬間移動」飛往現場。

那裡是一片廣大的草原。

「除了草以外，什麼也沒有……」

因為布雷希洛德藩侯的命令而隨行的布蘭塔克先生，也被鮑爾柏格建設預定地的未開化程度嚇了一跳。

「鮑麥斯特伯爵家未來的萬年大業，將在這個什麼都沒有的地方踏出最初的一步。」

只有羅德里希一個人感動到讓我們有點不敢恭維的程度。

「羅德里希先生，我們首先要做什麼？」

「要先確定基點，也就是將座落於鮑爾柏格中心的官邸位置。」

雖然是官邸，但在緊急情況時也必須當成防衛據點，所以建造起來會比較接近城堡。

由於也必須建造能充當政府機關的設施，因此必須找出地基穩固，又便於擴張城堡周邊城市的位置。

「是沒關係啦，可是到處都是草……不如說這裡就只有草。」

「所以才需要主公大人。」

於是我為了尋找官邸的中心點，開始埋頭進行用「風刃」割草，用魔法將地面整平的作業。

「如果只靠人力進行會很花時間，魔法真是厲害呢。」

我割的草和整平的地面，應該已經相當好幾座東京巨蛋了。

「很好──伊娜，跑去妳那裡囉。」

「交給我吧。」

「這裡狼好多。」

「狼，一點都不好吃……」

草原有許多野生動物，牠們就跟地球的動物一樣，即使看見人類也不一定會逃跑。

在我整地的期間，艾爾、伊娜、露易絲和薇爾瑪接連擊倒打算襲擊我們的野豬、鹿、熊和狼。

如果不把這些動物驅逐到一定的程度，就無法叫其他工程人員來。
「看來即使驅逐到一定程度，還是馬上就會從周圍聚集過來。」
「露易絲大人，只要先做好一處據點，之後就能交給警備隊狩獵，並當成食材。」
被打倒的獵物，全被裝進魔法袋裡。
這是要用來當成之後得留在這裡的工作人員們的食材。按照羅德里希的說明，能在現場取得的東西就要在現場取得，這樣就能多送點其他的東西過來。
「結果沒發生任何麻煩……艾莉絲姑娘，這看起來很好吃呢。」
「布蘭塔克大人，您要試吃看看嗎？」
「這工作的好處真多。」
我忙著整地，艾莉絲負責料理，羅德里希集中精神選擇中心點，布蘭塔克先生則是負責護衛我們。
「那個男人也會簡單的測量啊。」
「好像是以前打工時有學過。」
「盧克納男爵該不會是笨蛋吧？」
羅德里希實在太優秀，讓布蘭塔克先生直呼不願認領他的盧克納男爵根本是個笨蛋。
「主公大人，這裡應該就可以了。」
雖然也有人只要一直默默進行相同的作業就能獲得平靜，但替面積廣大的草原割草和整地，只讓我感到疲憊。

因為羅德里希總算找到能當成官邸基點的位置，所以我們準備在那裡打一個樁做記號。

「樁子就交給兩位拿吧。」

「那個……伊娜小姐、露易絲小姐和薇爾瑪小姐呢？」

「這是正妻的工作。」

「威爾，要用力打進去喔。」

「因為是儀式，所以必須交給艾莉絲大人。」

我和艾莉絲從艾爾那裡接過槌子，在伊娜、露易絲和薇爾瑪的催促下，瞄準刺在地上的樁揮下槌子。

「雖然我有聽說過這種儀式，但真虧羅德里希大人知道這個呢。」

「我以前打工時有過這方面的經驗。」

一直沒機會被貴族任用的羅德里希，以前曾做過各式各樣的工作，他到現在仍充分活用那些經驗。

「終於打下基點的樁了，主公大人，這真是太令人感動了。」

然後羅德里希一個人非常感動。我則是累得沒這份心情。

「那麼，接著就來準備收容先遣隊吧。」

工作似乎還要持續。

因為若只有這些人，在野外露宿會很危險，因此工作到傍晚後，我們就用「瞬間移動」返回宅第。

「累死了……」

「威德林大人，今天辛苦您了。」

幾乎將魔力用到極限的我吃完晚餐後，就在睡前躺在艾莉絲的大腿上讓她幫忙掏耳朵。

感覺只要一放鬆，意識就會飛到夢的世界。

「大家也都累了吧？」

「是的，畢竟狩獵了一整天。」

因為是無人居住的未開發地，所以野生動物非常多。艾爾他們在打倒大量獵物後，似乎也都累了。

「我真羨慕艾爾他們……」

因為我今天一整天都在割草和整地，所以覺得狩獵還比較好。

「露易絲和薇爾瑪已經睡著了。」

伊娜一臉無奈地將已經睡著的兩人搬到床上。

「雖然我好像沒什麼事也沒做，但我也累了。」

一直都在替我們注意有沒有危險的布蘭塔克先生，似乎也因為緊繃了一整天而感到疲憊。

「莫非我也上了年紀？不過羅德里希大人為什麼會那麼有精神？」

也難怪布蘭塔克先生會覺得不可思議。

「接下來還必須聯絡王宮、辦理運送必要人員的手續，以及準備僱傭關係的文件。要開始忙起來了。」

明明羅德里希應該也忙得沒時間休息，但他完全不顯疲態，並開始處理大量的文件，讓我們驚訝不已。

「主公大人，今天也鼓起幹勁好好努力吧。」

雖然基點已經確認完畢，但我們隔天還是忙著整地和狩獵。

「剩下的事情，等先遣隊來了以後再做就行了吧？」

「不，時間寶貴。」

羅德里希乾脆地駁回我的提議。

「距離先遣隊抵達還有一個星期。只要主公大人能在這段期間增加平地的面積，魔導飛行船就能更有效率地載運人和物資過來。除此之外，也必須盡快確定魔導飛行船的港口位置。否則在開始開發後，會很難在中心區卸貨。這樣會增加發生事故的風險。」

「我知道了啦。」

誰也無法反駁羅德里希合理又流暢的說明，因此我今天也在鮑爾柏格的建設預定地割草和整地。

未開地裡多了一塊愈來愈廣的平地。

「我們已經獵了很多動物，數量應該有逐漸減少吧？」

「是這樣嗎？我覺得沒什麼變化呢……」

面對絲毫沒有減少跡象的野生動物，艾爾和伊娜果然還是感到非常疲憊。

「要是在冒險者預備校時代，布雷希柏格附近也有這麼多獵物，大家就不用那麼辛苦了……」

「我也這麼覺得。」

離艾爾和伊娜有點距離的露易絲和薇爾瑪，則是遇到了一群巨熊。

「對普通的冒險者來說，未開發地的難度太高了。薇爾瑪，這些熊看起來好像很生氣。」

「大概是因為我們侵入了牠們的地盤。」

「果然是這樣。這也是為了生活，所以抱歉啦。」

「人為了生存也是很辛苦的。」

襲擊露易絲的熊的攻擊全部落空，牠們最後不是因為後頸被踢而失去意識，就是因為要害被重擊而倒下。

薇爾瑪如入無人之境地揮舞巨斧，接連砍下熊的頭顱。

「味噌煮熊肉很好吃。」

「那的確很美味。不過這種生活，還要再持續幾天啊？」

「羅德里希先生說大約五天。露易絲，妳累了嗎？」

「我是無所謂啦，但威爾的眼神已經開始渙散……」

嗯，露易絲說得沒錯。

我像個機械般持續整地。

雖然只是一直在重複單調的作業，但這應該也能當作魔法修行。

我甚至產生要是一直這樣默默工作，或許有一天會開悟的錯覺。

就這樣過了五天，我除草和整地的面積已經大到難以估算。

大約等於幾千個，或是幾萬個東京巨蛋？

雖然我自己也不曉得，但只有羅德里希非常高興。

「預定行程大幅縮短了，真不愧是主公大人。」

然後那天中午，幾艘巨大的魔導飛行船出現在遙遠的北方天空。

那是王宮緊急加開的臨時航班。上面載了預定將在鮑麥斯特伯爵家任職的人、參與鮑爾柏格建設的作業員，以及將留在這裡的必要物資。

「終於來了……」

我開心地看著人與貨物從魔導飛行船下來。

因為這表示將被羅德里希壓榨使喚的同伴增加了。

「我帶鮑爾柏格建設作業員、測量技師和警備隊的人員來了。哎呀，魔法真是厲害。居然已經開出這麼廣闊的平地……」

「歡迎你們！」

「鮑麥斯特伯爵大人？雖然這讓我倍感榮幸，但這到底是怎麼回事？」

我握住將成為自己家臣的年輕人的手，發自內心歡迎他。

這樣我就暫時不必割草和整地了吧？

第九話　羅德里希大奮鬥！

在將廣大的土地鋪平後，來自王都的魔導飛行船也跟著現身。

上面載了開發需要的人員與物資。

預定將成為鮑麥斯特伯爵家家臣的人們也在船上，我開始和主要的幾個人打招呼。

「人太多，根本記不起來……」

因為這一個星期都在整地，我的腦袋已經變得有點遲鈍，所以又更記不起來。

話說我從以前開始就不擅長記人名，前世當上班族時也因此吃了不少苦。

大家的名字都像德國人，非常難記，而且令人困擾的是，許多人的全名都很長。

「崔斯坦義兄？」

「薇爾瑪，好久不見。雖然我們因為老爸的詭計變成義兄妹，但妳想怎麼叫我都行。」

負責率領鮑麥斯特伯爵家的官員人選、警備隊和作業員的，是那位艾德格軍務卿的四男崔斯坦。

他也是靠父親的關係被塞給我的人之一。

崔斯坦是妾生的孩子，好像是因為就算繼續留在軍隊裡也無法往上爬，不如送來我這裡。

這方面的消息，全都是來自羅德里希。

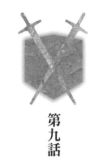

其他警備隊隊長等級的人員，也大多是軍系的名譽貴族的孩子。

雖然羅德里希已經記住所有人的資訊，但我大多都不認識。

「那麼，要開始開發了。」

這個即席家臣團中地位最高的，就是我自己僱用的羅德里希。

雖然他現在是首席家臣兼代理官，但他之所以能爬到這個地位，全都是靠自己的能力。因為如果有比他優秀的人在，他的地位還是有可能會被別人取代。

「首先是作業員們，請你們先幫忙卸貨，然後加以分類保管，將住宿用的帳篷運到指定的地點……」

在我們的眼前，羅德里希正在按照事先訂好的計畫，命令大家行動。

他吩咐警備隊去處理野生動物，派人去監視作業員們以免產生混亂，另外也分別對測量技師、負責準備餐點的廚師和洗衣人員下達了不同的指示。

「羅德里希先生真是能幹。」

「根本是超級能幹。」

羅德里希的確像伊娜說得那樣能幹，更重要的是他為了鮑麥斯特伯爵家，可以說是抱持著粉身碎骨的決心在奮鬥。

雖然值得尊敬，但我也因此無法偷懶，被迫進行過度勞動。

不過他這些行動都是為了我，所以讓我陷入某種進退兩難的困境。

「主公大人，總部已經建好了。」

不只是鮑爾柏格的建設，在將生活據點移到這裡前，用來充當總部的帳篷也搭好了。未開發地除了山區以外都很溫暖，所以只要能避雨就夠了。

作業員和警備隊的宿舍，也全都是帳篷。

「夫人們就先暫時通勤。」

「因為這裡都是男性，所以身為警備隊的指揮官，我也希望能這樣處理。」

由於總部的帳篷已經架設完成，因此崔斯坦先生也來這裡商量事情。

「請用茶。」

「聖女大人，這真是太不好意思了。」

崔斯坦先生在看見艾莉絲替自己泡茶後，驚訝地回應。

「您認識艾莉絲嗎？」

「是的，所有與警備隊有關的人，應該都知道艾莉絲大人。」

因為訓練也可能受傷，所以很多人都被艾莉絲治療過。

「主公大人，我們只是家臣，所以您跟我們講話時，還是別這麼客氣比較好。」

「我還是不太習慣。」

因為我原本是貧窮騎士爵家的八男。不曉得我有沒有辦法習慣這種被一群人侍奉的生活。

「只要慢慢習慣就行了。」

「雖然接下來預定要開始說明開發計畫的概要，不過崔斯坦大人，您有什麼話要先說嗎？」

「嗯，因為大家都是在王國中樞擔任要職的大人物，所以計畫不可能會延遲。不過連帶動歪腦筋的人也變多了……」

羅德里希試圖從崔斯坦先生那裡獲取關於中央貴族想法的情報。

「主公大人的婚禮會稍微延期吧。」

「就是這樣。」

明明是自己的事情，但我還是第一次聽說。沒錯，看來我的地位已經高到無法自己決定婚禮的程度了。

「難得要開始開發領地，婚禮應該會延到官邸完成後再進行。」

「這樣想還滿正常的吧？」

「是盧克納財務卿提議的吧？」

「是的。」

羅德里希似乎知道自己的伯父盧克納財務卿的想法。

所以為了保險起見，才先和崔斯坦先生確認。

不過他到底是什麼時候掌握到這種情報？

「這件事並沒有那麼複雜，盧克納財務卿只是想讓自己的孫女成為主公大人的側室，這是常有的事情。」

先將婚禮延到官邸完成後，然後設法在這段期間內布局。

「唉，要是被霍恩海姆樞機主教知道，一定馬上就會失敗……」

雖然本人在交出孫女時，應該會說這是為了補償弟弟犯下的過錯，但這種藉口對霍恩海姆樞機主教根本不可能有用。

「只要看薇爾瑪大人就知道了……」

薇爾瑪的身分終究是我的護衛，而且也有足以和我一起完成冒險者工作的實力。

如果沒有這種程度的理由，即使是貴族，也很難將女兒推給我當側室。

「話說羅德里希大人也很辛苦吧。」

按照崔斯坦先生的說法，盧克納財務卿似乎有想過讓羅德里希繼承盧克納男爵家。

「那個……可是羅德里希先生已經有鮑麥斯特伯爵領地開發負責人這個重任在身了。」

「盧克納財務卿好像有想過讓他同時兼任。不過這當然不可能……」

羅德里希根本不可能同時兼任鮑麥斯特伯爵家代理官和爵位。

按照崔斯坦先生對艾莉絲的說明，要是這件事被霍恩海姆樞機主教知道，一定會被阻止。

「那種男人擁有的爵位，和不曉得靠什麼手段賺來的財產，鄙人一毛錢都不想要。而且比起那種瀕臨解體的名譽男爵家，還是當鮑麥斯特伯爵家的家臣比較有前途。」

「喔喔！感覺羅德里希先生看起來好帥！」

羅德里希充滿男子氣概的發言，讓露易絲發出讚嘆。

「事情就是這樣，現在還是先來關注開發的事情吧。」

將話題拉回開發後，羅德里希開始說明。

「雖然鄙人有請王宮增加船的航班，但如果沒有正式的港口，執行起來還是會有點困難。」

儘管大型魔導飛行船很難臨時增加航班，但之後每星期都會有三班中、小型的飛船，從布雷希柏格開來這裡。

現在布雷希柏格那裡，似乎正在緊急進行港口的擴張工程。

按照羅德里希的說明，雖然現在是以鮑爾柏格近郊為最優先，但之後鮑麥斯特伯爵領地內，預定也將會建設十個以上的港口，用來運輸開發所需的物資。

船與人員將由王國那邊提供，船本身是用買的，至於人員方面的問題，則是會由退役的老練空軍軍人們，來對我們僱用的新人進行訓練。

希望將來鮑麥斯特伯爵家，能夠獨自運用大型船以外的飛船。

「道路建設也是當務之急。」

除了建設以鮑爾柏格為中心的道路網外，也必須在沿海建造專供海上船隻使用的港口。

等這些設施整頓完畢後，就會有許多靠海的貴族領地，派船運貨物過來。

那些在東部和西部的沿海擁有領地的貴族，似乎都期待交易量能增加。

等我們這邊做好準備，他們馬上就會派船送勞工來這裡做工程。

另外領地內的大型河川，有幾個只要一下大雨就容易氾濫的地方也需要施工。

「主公大人，鮑麥斯特伯爵家之後會有幾個附庸，也需要協助他們才行。」

未來也需要建設從鮑爾柏格通往由赫爾曼哥哥擔任新領主的鮑麥斯特騎士領地、保羅哥哥開發的準男爵領地，以及其他都市的建設預定地的道路。

「真是遠大的計畫。」

「嗯，規模非常浩大。」

崔斯坦先生他們似乎難掩能以家臣的身分參與這種大計畫的喜悅。

他們興奮地與同僚談話。

「不過感覺很花時間。」

「好像很辛苦。」

「伊娜大人和薇爾瑪大人說得沒錯。正常來講，這應該會是個大事業。同時也需要非常多的時間與費用。」

按照羅德里希的說法，即使一般貴族想要這麼做，成功率也相當低。

「不過只要有主公大人的資金和魔法，就不是什麼難事！」

「「「喔喔！」」」

羅德里希積極的發言，讓大家一起發出歡呼。

「說得也是，有主公大人在啊。」

「一定要讓計畫成功！」

羅德里希巧妙的演說，讓大家都對開發的成功深信不疑。

要是羅德里希去我前世待的公司工作，他一定馬上就會飛黃騰達。

「主公大人！我們一定要讓計畫成功！」

「喔喔……我會加油。」

面對羅德里希強硬的態度，我就這樣答應了他的提案。

拜此之賜，我又要開始過忙碌的日子……

「我今天本來預定要跟大家一起去魔之森……」

鮑爾柏格建設預定地，隔天就馬上開始準備動工。

話雖如此，一開始光是進行測量、迎接追加的人員，以及讓警備隊狩獵野生動物，就已經讓大家忙得不可開交，所以工程本身還沒開始。

所有事情都需要準備，不可能馬上就從施工開始。

「那麼，我們去魔之森吧。順便約布蘭塔克先生一起去。」

「好啊。」

「主公大人有重要的工作要處理。」

雖然在艾爾的提議下，大家決定前往魔之森，但只有我被羅德里希攔了下來。

「工作？」

「是的，非常重要的工作。」

「威德林大人，這也是身為鮑麥斯特伯爵家當家的義務。」

「好啦。」

在艾莉絲的勸說下，我送大家到魔之森後，就回來處理羅德里希分派給我的工作。

「首先是岩山，再來是森林。」

羅德里希拜託我使用「瞬間移動」，前往一座能採到優質石材的岩山。

「這是為了縮短工期，以及節省材料費。」

我們要在無人的未開發地建造巨大建築物。而這個世界的主流建材，就是石頭。

如果用魔導飛行船來搬運，那不管有多少時間或資金都不夠。

就算要在當地採集，切割與搬運也是很耗人力。

即使想交給總算抵達的作業員們，知道這個地方的，也只有曾針對未開發地製作簡易地圖的我。

「事情就是這樣，這是給主公大人的強制委託。」

「強制委託？切割石材嗎？」

強制委託，這就是用來限制我的行動，並將冒險者的行動正當化的制度。

不過再怎麼說，切割石材也太誇張了。

「請放心，不肖羅德里希好歹也是個冒險者。一切都在合法的範圍內。」

土木公會為了工作的效率，也會委託魔法師工作。

不過由於魔法師的數量不足，因此魔法師大多都兼任冒險者。
土木公會和冒險者公會，對彼此的工作都非常融通。
「所以只要完成這項工作，主公大人身為冒險者的評價也會上升。」
這是羅德里希用來巧妙規避我「冒險者的工作也要好好加油」的藉口，所使出的祕策。
話說在冒險者方面，羅德里希可是我的前輩……
「因為是採集石材與木材，所以勉強也算是冒險者的工作。」
「這解釋真牽強。」
「如果沒有材料，工程就無法開始。」
羅德里希似乎只打算讓飛船運送無法在當地調度的人員與物資。
既然沒有材料就無法動工，那就沒辦法了。
我立刻用「風刃」切割大型石材，並用水系統的原創魔法「水刃」，替較小或較薄的石材塑形。
我前世曾見過用水壓切割素材的機器，這個「水刃」就是我以那個機器為靈感想出的魔法。
森林裡的樹也被我用「風刃」砍倒，在去除礙事的枝葉後加工成木材。
等累積了一定分量的石材與木材後，就裝進魔法袋裡，運到在鮑爾柏格近郊打造的材料放置場。
雖然石材能直接使用，但木材必須等乾燥後才能利用。
作業員們事先準備了附屋頂的放置場，所以我就先把木材堆在那裡。
「不愧是屠龍英雄大人，居然能一口氣加工這麼多的石材和木材。」

作業員們都是土木工程的專家。

大家都稱讚我採集與加工材料的技術。

其實我比較希望他們稱讚我身為冒險者的實力……

「吶，羅德里希，到底需要多少石材和木材啊？」

「可以的話愈多愈好，目前在數量方面並沒有限制。」

「……」

結果直到那天傍晚，我都忙著切割石材和木材。

等我留下在現場還有工作要忙的羅德里希，去魔之森接狩獵完畢的同伴們回家後，已經幾乎沒剩下任何魔力。

之所以沒回鮑爾柏格的建設預定地直接回家，則是因為那裡還沒建設到能讓我們住的狀態。

考慮到還有艾莉絲她們在，這麼做也比較安全。

因為那裡除了艾莉絲她們以外，沒有任何女性，就連廚師都是大叔。

「布蘭塔克先生大豐收呢。」

「就連我以前當冒險者時，都沒看過獵物這麼多的森林。」

布蘭塔克先生和艾爾，在吃晚餐時開心地討論今天的成果。

「採集的成果也很豐碩。那裡也有很多草藥，是座好森林呢。」

艾莉絲在幫大家泡茶的同時，也一起加入對話。

對草藥也很熟悉的艾莉絲，開心地說長了許多草藥的魔之森是個好地方。

「魔物也很多，讓人有種自己在當冒險者的感覺呢。」

「我今天好像更新了自己的最高紀錄？」

「有好多美味的獵物。」

伊娜、露易絲和薇爾瑪，都開心地討論今天的狩獵成果。

「我也採集了很多東西呢！」

雖然都是石材和木材，但基於同時也算是鮑麥斯特伯爵家經理的羅德里希的建議，我採集的那些石材和木材也有拿去計算數量和估價。

儘管我將鉅額的開發資金交給羅德里希保管，但他意外地節儉。

為了盡可能只靠現有的資金進行開發，他藉出委託我切割石材和木材的方式，將那筆報酬又回收了回來。

與其納悶為何要採取這種麻煩的作法，不如說是貴族家的當家對私產的觀念太薄弱了。

對貴族來說，不管是要將家裡的錢用在開發還是放蕩上面，都是個人的自由。

誇張一點的傢伙，甚至還會被家臣們給關起來。

「咦？威爾也去採集？」

「是啊，成果豐碩呢。」

我告訴艾爾今天切割的石材和木材的數量。

「好誇張的量……但那也算是冒險者的成果嗎？」

「畢竟也算是採集……」

我苦澀的藉口，讓大家露出微妙的表情。

「威德林大人好厲害！」

唯獨艾莉絲以閃耀的眼神稱讚我。

就只有艾莉絲了解我！

「雖然我知道那很厲害……」

「伊娜小姐，我們可是要在這種幾乎沒有人煙的未開發地，打造巨大的建築物與城鎮喔。其實那是非常花時間的事情。」

很多時候光是搬運必要的材料，就要花上好幾年的時間。

因為這個世界沒有重型機械或卡車，所以只能一點一點地搬運。

即使要在當地採集，也必須先調查有沒有東西能用，就算找得到材料，採集和搬運果然還是要費一番工夫。

據艾莉絲所言，能一天就完成其實是件很厲害的事情。

「在建設新教會時，也辛苦了非常多的人。」

「原來如此，這樣啊。」

這部分，或許正突顯出艾莉絲和伊娜她們出身背景的差異。

「我們也不能每天狩獵。為了能夠從明天開始幫忙，今天就早點睡吧。」

在露易絲的催促下，我們早早就寢，隔天早上也很快就透過「瞬間移動」前往鮑爾柏格建設預定地。

「已經開始施工了。」

「主公大人！有強制委託！」

住在工地現場的羅德里希朝我這裡衝了過來，並馬上委託我工作。

雖然今天要建設官邸，但由於在緊急時必須兼作防衛據點，不能輕易改建，所以必須從深入挖掘測量過的建設預定地，打造穩固的地基開始。

「地基的工程太花時間了。又到主公大人展現力量的時刻了。」

「我說你啊……」

我按照羅德里希的指示，開始挖掘足以容納巨大又堅固的地基的洞穴。

儘管如果只靠人力會很花時間，但用魔法只要約一個小時就能搞定。

「主公大人幫大家挖好洞囉！」

「「「喔喔！」」」

省下替地基挖洞的工夫，讓作業員們大為欣喜。

他們立刻開始進行製作官邸地基的作業。

「好厲害，我聽說義父在蓋別墅時，花了兩年的時間。」

薇爾瑪對建設作業的進展神速感到非常驚訝，我則是被別墅這個上流社會的詞彙嚇了一跳。

「那麼，開始進行其他作業吧。」

接下來要開始分配工作。艾莉絲為了預防有人受傷，將待在總部內的醫護所，同時和伊娜一起整理文件。

「怎麼會有這麼多文件？」

「畢竟要建設的是伯爵家，而且還是要從頭開始，有這些文件是正常的。」

兩人開始整理自己也看得懂的簡單文件。

羅德里希也忙著去和工地現場的監工與包含警備隊在內的家臣們商量事情，和從布雷希柏格搭魔導飛行船來的商人進行交涉，以及處理現場作業員們的抱怨與陳情。

除了這些事情以外，還有放在總部桌上的那堆文件山。

他似乎是削減自己的睡眠時間在處理。

羅德里希現在，就像我前世看過的某部漫畫裡的課長一樣，閃耀著主角般的光芒。

「明明之前花了一個星期狩獵，結果動物入侵的情況還是很激烈。」

「要告訴威爾這件事，設置阻擋野生動物用的壕溝和土牆嗎？」

「之前用在鮑麥斯特騎士領地的開發特區時，效果非常好。所以應該要拜託威爾大人。」

為了避免作業員被襲擊，艾爾、露易絲和薇爾瑪三人，努力和警備隊一起驅除野生動物。

「不過羅德里希努力，就等於我也不能偷懶……」

我開始進行從官邸建設預定地朝四面延伸的城鎮主要街道的工程。

考慮到擴張性，道路建得非常寬廣。按照羅德里希的說法，如果不這麼做，將來想拓寬道路時就必須先請居民離開，造成不必要的麻煩。

由於事前已經先整過地，因此只要隨便找個石材代替鐵鎚，用魔法移動石材將地面打實就行了，另外我還在道路兩旁挖了排水溝。

等這些作業結束後，作業員們就會在那裡鋪上石材，用水泥填補空隙。

為了不讓排水溝馬上被填滿，他們也不忘以石材補強。

簡單來講，就是我只負責粗略的部分，剩下的細部作業就用人海戰術解決。

「多虧有主公大人幫忙，作業進展得非常快。」

目前需要的道路工程，只花一天就結束了。

明天預定要去魔導飛行船的港口建設預定地，協助進行基礎工程，在那之後，還要在鮑爾柏格周圍製作用來阻止野生動物入侵的壕溝和土牆。

「主公大人，作業非常順利。追加的作業員和家臣們也到了。不過人數增加也造成了一些不便，那就是水！」

於是我開始在鮑爾柏格各地挖掘水井。

雖然我以前沒有這方面的經驗，但也不是做不到。

這也算是平常修行的成果嗎？儘管不曉得是不是這樣，但水井還是順利完成了。

「鮑麥斯特男爵大人幫我們挖好水井了！」

試著挖挖看後，我才發現如果不打穿堅硬的岩層並挖超過一百公尺以上，根本就不會有水出來。但相對地，湧出的水乾淨到能夠直接飲用。

「原來威爾也是挖井專家啊。」

「不，我單純只是用魔法硬挖得很深而已。」

「就挖井來說，要挖得那麼深可是很辛苦的。」

被伊娜指出這點後，我才恍然大悟。

「哎呀，工程計畫的進度以驚人的氣勢不斷提前。不愧是主公大人。」

雖然有點被羅德里希牽著鼻子走的感覺，但實際看過工程的成果，並想到這些都是屬於自己的東西後，我也跟著逐漸興奮起來。儘管更多的是倦意……

「把第二階段的工程計畫進度，也跟著提前吧。」

羅德里希做出冷酷的決斷，隔天也有個大工作在等著我。

「主公大人，今天是要在附近的河川施工。」

羅德里希在說明的同時，交給我一張設計圖，這個世界當然也有治水的概念。

例如改變河川流向、清除河底淤積的泥沙、打造疏洪道，或是建築堤防。

為了確保農業用水，也必須建設水道和蓄水池。

光有井還不夠，如果想將生活用水引到鮑爾柏格，就必須進行這些基礎工程。

「只要照這個設計圖做就行了嗎？」

「是的，細部的補修作業，之後會再派人過來處理。」

看來這裡也要採用粗略的部分交給我，剩下的作業就用人海戰術解決的方式。

雖然是用魔法進行治水工程，但還是要花上約三天的時間。

因為挖掘能將農業用水送到鮑爾柏格，以及預定要在近郊打造的幾座農村的水道，實在太花時間了。

「露易絲，妳也要以不輸給薇爾瑪的氣勢用力拉網喔。」

「威爾，感覺好像抓到了很多魚。」

我一清除河底的淤泥，就跑出了大量的魚，薇爾瑪在牠們的逃跑路徑上撒網捕魚。

「也有一點南方鱒呢。」

其實再更南邊一點的河裡也有很多，但這裡也不是完全沒有。

「艾莉絲，要好好處理魚卵喔。」

「是的，我會泡在醬油裡。」

艾莉絲她們去除南方鱒的內臟，用味噌醃魚肉，接著等用篩子將魚卵分成一粒一粒後，再泡進以醬油、酒和味醂調配而成的液體裡。

「淡水魚啊。我不像威爾那麼排斥。」

艾爾生完火後，就開始用竹籤將已經去掉內臟並灑過鹽巴的魚串起來烤。

其他魚則是在取出內臟後，用鹽醃漬，這些預定將作為作業員們的食材。

至於吃得完的小魚就帶回家，割除的雜草、樹葉和樹枝，則是預定當成肥料。

「吶，羅德里希。」

「什麼事，主公大人？」

雖然工程接連以驚人的速度完成，但果然還是有些問題無法解決。

我們至今依然每天要回到位於鮑麥斯特騎士領地內的家，因為魔法沒辦法蓋房子。

就算想將師傅的房子移來這裡當成臨時住居，也還要再花一點時間。

因為作業員和警備隊的人們，都是住在帳篷裡，只有我們像是在炫耀般住在房子裡，也有點不妥。

「為了解決這個問題，希望主公大人今天能去王都一趟。」

「該不會……」

「事情鄙人已經都先交代好了，夫人們要不要也一起同行？」

這同時好像也算是休假。

等移動到王都，前往羅德里希說的場所後，那個男人果然已經在那裡等了。

「哎呀，沒想到鮑麥斯特男爵大人居然成了伯爵大人，這真是值得慶祝的事情。」

此時搓著雙手在這裡等待我們一行人，印象中總是硬將瑕疵屋推給我的人，正是房屋仲介里涅海姆先生。

「（威爾，沒問題嗎？）」

「（他看起來還是一樣可疑……）」

艾爾和露易絲，好像都在擔心我總有一天會被里涅海姆騙。

雖然我覺得自己早就被他騙過了……

「羅德里希大人已經把事情都告訴我了。來，這邊請。」

在里涅海姆先生的帶領下，我們參觀了幾間屋子。

「是要委託林布蘭特男爵，移建預定要拆除的住宅吧？」

「嗯，因為時間優先。這些都是只要修理就能再用三十年，價格也很便宜的房子。等移民們生活安定下來後，要再拆掉重建也沒問題。此外，還有這種方法。」

在里涅海姆先生的帶領下，我們這次換前往王都的郊外。

這塊空地聚集了許多工匠，而且正一口氣建造幾十棟房子。

「因為有些工匠討厭到未開發地出差。所以就請他們在這種空地蓋房子。」

只要拜託林布蘭特男爵進行移建，鮈爾柏格就能一口氣多出許多住宅。

「現在王國各地都有在蓋房子。因為林布蘭特男爵同時也是建築師，所以認識許多工匠。」
不僅能一次確保大量住宅，還能促進蓋房子的貴族領地的經濟。
真是一石二鳥的策略。
「那個，里涅海姆先生。」
「伊娜大人，有什麼問題嗎？」
「雖然普通的住宅，只要這樣就行了……」
但包含重臣在內的家臣們或大商人等有錢人住的住宅，要在城鎮內建立的公所，以及警備隊的駐兵所等等，如果都要從頭在鮑爾柏格建設，將會非常辛苦，這應該就是伊娜想表達的意思。
「那部分的事情，也已經在處理了是也。」
接著里涅海姆先生，帶我們來到即使在商業區中，也是比較富裕的階層才能居住的區域。
「就是這棟房子。」
「這裡沒人住嗎？」
「是的，雖然屋主幾年前還算是富有，但商業的世界是很嚴苛的。」
結果因為生意失敗破產，就連房子都必須放棄。
「是法拍屋啊……」
「如果是透過這種途徑，就能買到便宜又優質的房屋。」
這樣我們就不需要花錢買土地，只要買上面的建築物，而想買這種不動產的人，通常也會把舊房子拆掉重建。

這麼一來，屋主就能單純獲得便宜的土地，而且我們還會免費幫他把上面那棟半調子的建築物處理掉。

這對我們彼此來說都有好處。

「原來如此。」

「此外，雖然今天無法替各位介紹……」

有些地方貴族雖然蓋了別墅，但之後資金調度出了問題，變得難以繼續維持。或是蓋好後才發現用不到。再不然就是膩了想蓋新的別墅。這樣的不動產似乎也很多。不愧是專門靠有問題的不動產賺錢的男人。

「恭喜你又大賺了一筆。」

「不不不，我只是為了鮑麥斯特伯爵大人，開始學習薄利多銷而已。」

僅就這次來說，里涅海姆先生應該沒有騙我，但還是讓人覺得有點可疑……

「下一個地方……」

里涅海姆先生接著帶我們參觀的，是一棟豪華到讓人嚇一跳的建築物。

與其說是住宅，更像是政府機關。

「哎呀，這不是鮑麥斯特伯爵嗎？薇爾瑪也過得好嗎？」

「和威爾大人在一起很開心。」

「這樣啊，那真是太好了。」
在那棟豪華建築物前等待我們的，是艾德格軍務卿。
「這棟建築物，是艾德格軍務卿的嗎？」
「呃，其實並非如此……」
面對我的疑問，艾德格軍務卿難得表現得吞吞吐吐。
「我來代為說明吧。貴族大人們，有時候要面臨一些各式各樣的問題……」
日本也有這樣的情形。明明每年的財源都不足到必須發行國債來填補，但不知為何還是有許多莫名豪華的公共設施。
這個王國也一樣，明明不久之前，才因為時勢偏向裁軍而變得軍費不足，但王都郊外和地方的直轄地，不知為何還是有許多沒人在用的軍事設施，或是給高級將校用的度假設施。
「一旦蓋好之後，就會需要維護費吧？這種設施買起來可是非常划算。站在王國軍的立場，也希望能在被大眾知道前就祕密地賣掉，回收一點費用……」
「艾德格軍務卿，我聽說軍事預算目前非常吃緊？」
「別提了，露易絲姑娘。這都是前任和前前任的軍務卿留下的爛攤子。」
在為預算所苦時，反而要刻意蓋這種豪華的公共設施。
我記得即使是在日本，也有些地方都市的首長會做這種事情。
「明明才剛被陛下吩咐要避免浪費預算，這種設施又需要人事費。而且因為預算不足，必須靠住宿費填補，所以使用價格又變得非常高，現在根本沒人想利用。」

如今這棟建築物光是存在，就會每年造成赤字，因此目前正處於想要盡快拋售的狀況。因為只要賣掉這棟建築，就能減少無意義的維護預算了。

「雖然我只是開玩笑的，但沒想到這麼便宜……」

「艾德格軍務卿閣下，這時候就當作是為了義女，像個男人般出價吧。」

「唔唔……一般人可是無法只賣上面的建築物啊……」

最後艾德格軍務卿無奈地以接近免費的價格，賣出了王國軍的虧損設施。

「里涅海姆……你怎麼知道這棟高級度假設施的存在？」

「只能說有些事情，只有內行的人才會知道。盧克納財務卿，您要不要考慮趁機處理掉這座設施？這是個賣人情給鮑麥斯特男爵大人和羅德里希大人的機會喔。」

「我知道了。不過這座高級度假設施的存在要保密啊。」

「是的，這我非常清楚。」

這世界真的是很不可思議。明明貴族子弟們都拚命在找任職的地方，王都卻在揮霍預算。

而且因為沒有媒體，所以知道的人也有限。

「里涅海姆大叔，你賺錢的方式還是一樣下流呢。」

「不過，這都是為了鮑麥斯特伯爵家……」

雖然艾爾對里涅海姆先生的作法有點不敢恭維，但這樣確實有助於提升鮑麥斯特伯爵領地的開發速度，所以也只好認同。

「哎呀——大賺了一筆呢。您購買的這些建築物，之後會再請林布蘭特男爵移建。」

用這種方法大量取得的建築物，之後依序被移建到鮑爾柏格。

「真是快得令人難以置信。」

艾莉絲也很驚訝。雖然主屋還在建築中，但行政用的公所、警備隊的駐兵所、賜給家臣們的房屋都準備好了，另外還大量移建了給一般領民居住的房子。

在領民們開始搬進來後，工匠們也開始在各個住宅區建造新房子。

這裡不再只有男性，許多男女老少都搬了進來，開始在新天地工作。

港口也幾乎已經完成，魔導飛行船將定期載人與貨物過來。

除了一部分的人以外，作業員們都分散到鮑麥斯特伯爵領地各地。

他們將會繼續鋪設道路，同時前往預定在各個地區建立的城鎮與村落，從事建設港口與河川工程的工作。

「現在要處理的有在開發特區已經習慣的開墾工作，在南部打造給一般船隻使用的設施與建設港都，此外還有許多河川必須施工，以及整頓道路網。」

雖然還要花費不少時間，才能把羅德里希擬定的計畫都執行完畢，但他現在只要排定順位，再依序完成就行了。

「威爾雖然嘴巴上嫌麻煩，但還是會認真做完超出配額的工作呢。」

「感覺開始變得有趣起來了。」

用自己的魔法實際完成城鎮、道路和港口，會讓人覺得很開心。

更棒的是，這些全部都是屬於自己的東西。

「不可以太勉強喔。」

「因為也能當成魔法訓練，所以我都會將魔力用到極限。」

講是這樣講，某天我還是在距離鮑爾柏格超過一百公里的道路建設預定地耗盡了魔力，就這樣站著昏倒了。

「主公大人，臨時帳篷已經準備好了。」

「唉，也只能露宿了。」

我在十二歲以前就已經累積了許多露宿的經驗。未開發地氣候溫和，所以這對我來說不是什麼難事。

雖然必須和作業員與警備隊一起露宿，但能吃到熱騰騰的飯。

由於羅德里希和崔斯坦剛好也在現場，因此不愁沒有聊天的對象。

「真豐盛呢。」

崔斯坦在看見加了大量配給蔬菜的味噌湯、烤肉、烤魚片以及水果後，顯得非常高興。

因為可以自由選擇麵包或白飯，晚上不用巡邏的人也有分到酒，所以好像已經比王國軍的伙食還要豐盛了。

「王國軍的伙食只有量多，味道很糟糕。因為預算的緣故，調味料只有用鹽，酒基本上也要自己買。」

「這麼說來，我以前討伐古雷德古蘭多的時候，也曾經受過駐軍地的關照，那時候的伙食雖然量多但很難吃。」

「以野外駐軍地的伙食來說，那還算是比較好的了。因為必須維持士氣。」

不過即使如此，還是比老家以前的飯菜好。

「崔斯坦的老家是艾德格軍務卿那裡，所以平常應該吃得不錯吧。」

「因為是那種家系，所以在舉辦必須搞排場的派對時的確是吃得不錯。不過平常就不是這樣了。而且胖了還會被責罵。」

雖然不是所有人都會遵守這條原則，但如果軍人貴族太胖，傳出去通常會不好聽，因此大家平常都很節制。

「那個老爸根本就不會亂花錢。在薇爾瑪來了以後，她的狩獵成果就成了我們少數的樂趣之一。」

儘管我在吃完晚餐後就無事可做，但羅德里希仍獨自挑燈與大量文件奮戰。

「羅德里希，要好好睡覺才行喔。」

「感謝您的關心，主公大人也請早點就寢。明天還要整頓一條長度大約等於一次『瞬間移動』距離的道路。」

「你該不會其實是惡鬼吧？」

在那之後有幾天的時間，我都因為魔力耗盡而無法回到有艾莉絲她們在的家。

第十話　神祕的女魔法師

鮑麥斯特伯爵領地的開發進度，比鄙人當初擬定的計畫還要提前不少。

主要果然還是因為主公大人的魔法。

雖然鄙人過去也曾當過冒險者，但從來沒看過這麼靈巧又擁有大量魔力的魔法師。

阿姆斯壯導師雖然魔力很多，但遺憾的是過於偏向戰鬥。

布蘭塔克先生大人雖然靈巧，但魔力量遠遜於主公大人。

主公大人會用的魔法，與那位被認為死得很可惜的艾弗烈大人一樣豐富，魔力再過不久應該也會超越阿姆斯壯導師……哎呀，離題了。

雖然鮑爾柏格的官邸還在建設中，但周邊城鎮的建設大有進展。

城市預定將繼續擴張，用來阻隔野生動物的土牆內的整地也都結束了。

配合將土牆改成石牆的工程，周邊的城鎮與村落也依序展開開發。

鮑麥斯特伯爵領地非常遼闊。我們還在其他很多地方打造了城鎮和農村，所以需要整頓能有效率地搬運農作物的輸送網。為此必須以鮑爾柏格為基點，建設呈蜘蛛網狀分布的道路網。

除了拓寬道路以外，為了在天氣不好時也不容易變得泥濘，我們不僅在上面鋪上石磚，還在道路兩端打造了排水溝。

關於給中、小規模的魔導飛行船用的港口，領地內也預定將建設十個以上。整頓農業用的水道和水井，更是當務之急。

在越過魔之森後抵達的南部沿海地區，將建設供海上船隻使用的港口。不過如果想讓大型船隻停泊，就必須先進行疏浚工程。

此外我們還建立了大規模的製鹽業，並讓人移民到南方諸島群開展製糖事業。

開發礦山也是重要的產業，主公大人能透過魔法得知岩石含有的礦物。

雖然貴族或大商人大多都有專屬的礦山技師，但要是拜託他們，背後那些人又會吵著要特權，徒增麻煩，幸好主公大人已經事先做好了地圖。

礦山技師這種職業，在被派去探勘礦山的時間點就等於確定能賺錢，所以很少人願意放手。

至於採掘和煉製的人才，只要從那些隨著礦山廢坑一起失業的人裡面找就行了。

畢竟很少會有貴族或大商人連這些人才都一起保護。

＊　＊　＊

「以上就是接下來的計畫大綱。」

「換句話說，我接下來的行程還是排得很滿吧……」

「放心吧，主公大人，鄙人在安排行程時，有留下一定程度的餘裕。」

「餘裕啊……」

我今天也在羅德里希的拜託下，建設連接礦山的道路，等開通的路抵達礦山時，我的魔力已經用盡了。

因為最近經常發生這種事，所以我通知位於鮑爾柏格的艾莉絲今天不能回去。

「工作辛苦了，家裡的事情不需要擔心。」

艾莉絲的言行都穩重得讓人難以想像她才剛成年，簡直就像是古代戰國武將的妻子。

雖然根本就是賢妻良母的典範，但外表是美少女。

這樣的落差也讓人覺得很棒。

「威爾，不可以讓肚子著涼喔。」

伊娜給人的感覺也和艾莉絲很像，有點像是大姊姊。

唉，我自己也有些邋遢的地方，所以會被這麼說也沒辦法。

「威爾，不可以外遇喔。」

呃，露易絲，工程現場只有男性喔，而且我的性向正常。

「威爾大人，等回來後再一起去狩獵吧。」

能被可愛的薇爾瑪邀約一起去狩獵，感覺還不壞。

我果然還是不想一直做工程，偶爾也想去狩獵。

「事情就是這樣，我想在工程的空檔和艾爾他們一起去狩獵。畢竟我同時也是冒險者。」

雖然因為魔力耗盡，而無法返回已經移建到鮑爾柏格的師傅的房子，但這也不是只有壞處。

到了現在這個階段，已經開始會有旅行商人或飲食業者到街道工程的最前線擺攤，來賺我們這些工程相關人士的錢，所以變得能夠稍微喝點小酒。

在這當中特別受歡迎的，是由名叫阿爾諾的老闆經營的內臟烤肉店，今天也會去喝一杯。

雖然現代日本要滿二十歲才能喝酒，但這裡十五歲就算是成人。

我即使喝酒也不會有什麼問題，參加者又全是男性，偶爾參加這種只有男性的酒會也不錯。

老闆是位剛過中年的男性，他從負責驅除和狩獵野生動物的警備隊那裡便宜地收購動物內臟，在經過細心的處理後，拿去燉煮或串起來烤。

作業員們除了吃飯和睡覺以外沒什麼娛樂。只有金錢和疲勞累積了不少的工程相關人士，沒多久就變得習慣來這裡喝一杯。

因為價格便宜，所以大家一面喝酒一面聊天。

「現在就已經有四個未婚妻啦……跟我老爸一樣呢……」

「真好……」

「好想結婚……」

崔斯坦他們羨慕地聽我說話。

在來到這裡之前，很多人的立場都有點微妙，所以幾乎都是單身。

「雖然現在忙得沒有時間，但我們將成為鮑麥斯特伯爵家的家臣。所以再過不久就必須結婚生子。」

「說得也是，得讓子嗣繼承家門才行。」

「世襲啊……我以前從來沒想過這種事。」

在羅德里希的指摘下，崔斯坦他們也注意到自己遲早必須成家。

「咦？崔斯坦也一樣嗎？」

「是的，因為我是妾生的四男……」

按照崔斯坦的說法，即使是艾德格軍務卿，人脈也是有極限的。

「雖然我覺得再怎麼樣都比我的老家好……啊，對了。」

我將之前有事去王都時，別人寄在我這裡的東西交給羅德里希。

「相親照片啊……」

「如果羅德里希不先訂下婚約，其他人也很難決定吧。」

「主公大人說得沒錯。」

至今的活躍，讓羅德里希也贏得了其他家臣們的敬重。

由於崔斯坦他們都把羅德里希視為首席家臣看待，因此希望他能先訂下婚約。

「雖然能夠理解，但好多啊……」

也難怪羅德里希會驚訝。

儘管這個世界也有相片，但照相機算是價值數百萬分的魔法道具。

即使只要拜託有相機的人幫忙照就不需要花太多錢，但一張照片的底片費至少要一千分。

即使如此還是想拍相親照，就表示大家都很拚命。

「畢竟是這麼大的領地的首席家臣候補。所以應該很多人都想報名吧？」

「就跟崔斯坦想的一樣。」

我交給羅德里希的相親照，應該有超過兩百張。

「怎麼會有這麼多……」

「我覺得羅德里希應該不至於無法理解……」

「主公大人，鄙人只是單純在抱怨。」

這是很簡單的事情。貴族是王國的家臣，陪臣是貴族的家臣，所以一般都會認為貴族比較偉大。

不過如果是我老家那種騎士爵，和大貴族家的重臣，那當然明顯是後者的收入會比較高。只要能讓次女或三女嫁過去，就會成為非常划算的政治聯姻。

「主公大人，您看過這張照片了嗎？」

「唔哇……年紀好小……」

如果是上司炫耀自己的女兒也就算了，居然替明顯不到十歲的女兒拍相親照，讓我覺得有點無法接受。

「伯父大人……」

「看來他果然打算讓盧克納男爵家復活。」

崔斯坦似乎透過父親得到了一些情報。

雖然我是覺得直接解散就好，但中央那些了不起的名譽貴族們，對派閥間的勢力均衡有著異常的執著。

這應該是為了讓盧克納財務卿的孫女和羅德里希生下的孩子成年後，能夠重新成為男爵家的當家才安排的婚約。

「換句話說，不能拒絕這個女孩。」

「十五歲以下啊……雖然這不怎麼稀奇……」

就算是懂得察言觀色的羅德里希，在看見八歲女孩的相親照後，還是忍不住嘆了口氣。

「除了那個女孩外，至少還要再挑一個人。」

「說得也是……」

如果盧克納財務卿的孫女生下兩個男孩，而且又讓另一個男孩繼承鮑麥斯特伯爵家的重臣家，這樣一定會有貴族抱怨鮑麥斯特伯爵家和中央的大貴族間的關係變得太深。

所以似乎有必要讓另一位太太生的孩子繼承重臣家，藉此取得平衡。

「光是用聽的就覺得很蠢……」

「雖然當事人們，應該是非常認真地在思考……」

我、羅德里希和崔斯坦等人，再次體會到貴族真的是很辛苦。

「唉，如果不先開發到一定程度，一切都沒什麼好說的。」

因為實際上也是如此，所以我們決定稍微考慮過這件事情後，就繼續以開發為優先。

絕對不是在逃避現實。

「如果是這方面的事情，威爾應該也會收到許多相親的邀約吧。」

「雖然的確是有很多，但我有祕策。」

我在使用魔法的同時，自信滿滿地回答艾爾。

幾天後，我在魔之森南方那個之前和薇爾瑪一起採海鮮的海岸附近，幫忙建設港口。雖然我也不是很清楚，但這裡似乎符合優良港口的條件，而我正在利用魔法對海底進行疏浚工程，好讓大型船也能直接靠岸。

挖出來的沙子、泥土和沙礫，只要用「抽出」魔法去除鹽分，就能當成碼頭的材料。

抽出鹽分後，就能讓這些建材比較不容易經年腐化或劣化。

艾爾在我工作的期間擔任我的護衛，但除此以外的時間，他都在接受王國軍式的教育。因為他將負責統率之後也會繼續增加的護衛們。

「艾爾文是個位置特殊的男人。」

在鮑麥斯特伯爵家獲得「能幹男人」評價的羅德里希，對艾爾說道：

「無論哪個貴族家，都是由第一代當家所創設。那麼有名的重臣又是怎麼成為重臣的呢？」

「因為優秀嗎？」

「雖然這也是原因之一，但最重要的還是與當家個人的關係。」

兒時玩伴或是好友，成為家臣的通常都是這些人。

「能力就算普通也無所謂。只要能為當家這種在地位上容易被孤立的人物，帶來精神上的安定就行了。」

按照羅德里希的說明，如果家臣利用當家的寵愛變得專橫，那在最壞的情況下可能會被除掉，不過通常都會特別被默許。

「因此在主公大人成為貴族前就是他朋友的艾爾文，可以說是處在一個非常重要的位置。只是你和主公大人一樣還年輕。」

姑且不論將來，艾爾現在只要偶爾接受教育，然後當我的護衛或陪我一起冒險就行了。

「這我可以理解，不過羅德里希先生……」

「其他還有什麼問題嗎？」

「朋友的話題，對威爾來說是禁忌……」

「唔哇——！反正我就是除了艾爾以外，都沒有其他朋友——！」

羅德里希過度確實的指摘，碰觸到我的心靈創傷。

在預備校時期，很多人都只想利用我的魔法，就在我準備要交更多朋友的時候，又突然成了貴族，並決定在王都留學。

貴族想要交到能真正互相理解的朋友，真的是非常辛苦。

「所以艾爾文……」

「被蒙混過去了……唉，雖然這種能幹的人朋友也比較多……」

艾爾說得沒錯，羅德里希不僅人脈廣，貴族以外的朋友也很多。

於是艾爾今天也沒去狩獵，專心當我的護衛。

「還是一樣無事可做呢。」

「威爾大人，點心。」

「薇爾瑪，我的份呢？」

「姑且也有。」

「姑且也有啊……我是無所謂啦。」

薇爾瑪今天也和我一起行動，她將前幾天採集的水果切片後，裝在盤子上帶了過來。
「我現在有點忙，晚一點再吃。」
我正在用魔法移動一個類似巨型鏟子前端的東西，挖掘海底的淤泥。
因為需要集中精神，所以無法馬上吃水果。
「威爾大人，來，啊——」
於是薇爾瑪用叉子刺了一塊水果，送到我的嘴邊。
吃下去後，水果的甜味在嘴裡擴散。
「威爾大人，好吃嗎？」
「冰冰的很好吃。謝謝妳，薇爾瑪。」
「我先用威爾大人的魔法道具冰過了。」
師傅的遺產裡也有冰箱，所以平常能夠用來保存冰的飲料與水果。
薇爾瑪似乎有先用那個冰過水果切片。
「威爾好像就算沒朋友也無所謂……」
「不，朋友是必須的吧！」
那是只有本來就有不少朋友的人才能說的臺詞。艾爾不懂孤獨者的辛苦，所以才讓人困擾。
「威爾大人，艾莉絲大人她們說敬請期待午餐。」
「味道聞起來好香。」

艾莉絲她們今天也在這裡用巨大的鍋子煮今天的午餐。

「那邊是用味噌湯頭，這邊是用醬油湯頭。艾莉絲，配料夠嗎？」

負責注意兩個大鍋子火候的伊娜，向正在切魚的艾莉絲問道。

「因為不能一次放太多，所以這樣就夠了。剩下的魚貝類，就用烤的吧，露易絲小姐。」

「等炭火夠熱後，我會再告訴妳。雖然只是感覺問題，但總覺得用炭火烤比用火爐烤好吃呢。」

露易絲正在生火，並開始準備烤海鮮用的網子。

今天中午要用大鍋子做漁夫風格的火鍋，同時也會分給作業員們。

「這裡的現場提供的伙食很棒呢。」

「就是說啊。而且還是由夫人們幫忙做。」

這在作業員們中也極獲好評。

雖然無法每天都這樣，但羅德里希認為偶爾這麼做，有助於提升作業員們的士氣。感覺羅德里希比我還要適合當貴族。

「主公大人，狀況怎麼樣？」

「很順利。疏浚工程已經按照預定結束，也捕到了很多海鮮。」

提供給作業員們的海鮮，是在替海底疏浚時，連同泥沙一起挖起來的東西。

因為機會難得，所以能吃的東西就要有效活用。

「鮑麥斯特伯爵領地想要發展海運，還是有點困難呢。」

「因為沒有百分之百完美的領地，所以這也是無可奈何。」

未開發地能夠讓船停靠的地方，就只有穿過魔之森後抵達的南部地區。

西部和東部都是斷崖，鄰接的海域也有漩渦或湍急的海流，讓船無法靠近。

如果沒有這些缺點，布雷希洛德藩侯之類的貴族，應該早就派船登陸未開發地，在這裡設立一兩個據點了。

即使讓船從南部登陸，如果不穿過魔之森，也無法抵達未開發地的中部或北部，所以我們也預定建設魔導飛行船用的港口。

雖然表面上看起來不是很方便，但南部也有生長了大量野生甘蔗的南方諸島群，在更南方或許也有島嶼或大陸。

只要繼續南進，鮑麥斯特伯爵領地或許還能再進一步擴張。

因此羅德里希正鼓起幹勁擬定開發計畫。

「然後我又要變忙了。」

「主公大人，您明天不是休息嗎？」

看來羅德里希也不是真的惡鬼。

因為他明天讓我放假，所以我打算和布蘭塔克先生與大家一起去魔之森狩獵。

「鄙人計畫在魔之森周邊建設能讓冒險者們生活的村落，因此要是主公大人能順便去冒險者公會聽一下說明，那就太感謝了。」

「羅德里希，你果然是個惡鬼……」

雖然他是個連假日都會拜託主人工作的家臣，但我至今仍無法擺脫上班族時代的習慣，所以無法拒絕。我真羨慕那些在這種時候能夠乾脆拒絕的人。具體來說，就是像導師那樣的人。

「威德林大人，火鍋和烤海鮮都很好吃喔。」

「您比較喜歡吃海水魚吧。來，我再幫您盛一碗火鍋。」

「威爾，我有烤蝦子喔。」

「甜點是艾莉絲大人做的蛋糕。」

在優雅的午餐以及艾莉絲等人的陪伴下，我馬上就忘了假日也必須工作的事情。

然後，我下午也繼續幫忙疏浚和海堤的工程。

或許我的性格比我自己想的還要單純也不一定。

＊　＊　＊

「艾爾小子，你在看什麼？」

「相親照片。」

「跟領主大人說的一樣，你果然也收到了。」

因為隔天休假，所以大家決定一起去魔之森狩獵。

先去接布蘭塔克先生的我，在回家後發現艾爾正若有所思地瀏覽我昨天交給他的相親照片。

「這些全都任君挑選嗎？」

「……布蘭塔克先生。」

「什麼事？」

「只看這個，根本就不知道身材好不好。」

我和布蘭塔克先生同時賞艾爾的頭一記手刀。

「好痛……不過還不用急吧。畢竟我還這麼年輕。」

「這種理由怎麼可能管用。」

基於和羅德里希相同的理由，意外地也有很多貴族想將女兒嫁給艾爾。

「雖然這我也知道，但布蘭塔克先生和威爾也想再多玩一點吧？」

唉，說沒興趣是騙人的，但我已經不能那麼做了。

要是引發私生子騷動，感覺艾莉絲她們會很生氣。

而且艾爾在發言時，實在應該多注意一下周圍。

「咦？什麼？你們在討論玩女人的事情嗎？」

「艾爾，拜託你別灌輸威爾一些有的沒的。」

「身為威爾大人的護衛，我要阻止這種不像話的惡行。」

「艾爾先生，威德林大人在立場上必須背負許多責任。姑且不論側室，他的身分不允許他亂搞男女關係。」

伊娜將長槍對準艾爾，露易絲開始摩拳擦掌，薇爾瑪將巨斧高舉過頭，就連艾莉絲也拿起平常沒在用的權杖，在眾多女性的包圍下，艾爾臉色蒼白地冒出冷汗。

「誰叫你要說些多餘的話。這幾天你要好好想一想喔。」

「我直到最近，都還只是個貧窮騎士家的五男耶……」

我無視消沉的艾爾，帶大家用「瞬間移動」飛到魔之森附近的冒險者公會鮑麥斯特伯爵領地分部的魔之森辦事處。

「雖然人很多，但什麼也沒有呢……」

儘管在知道魔之森是個能賺錢的地方後，這裡聚集了很多冒險者，但在冒險者分部附近還是什麼也沒有。

雖說是冒險者公會分部，但也不過是個臨時搭建的小屋，因為住宿設施不夠，所以很多冒險者都是露宿。

「這不是鮑麥斯特伯爵大人嗎？」

我們一走進分部的小屋，公會的所長就出來迎接。建築物裡幾乎什麼也沒有，只有幾張破舊的桌椅，年輕的職員們正在接待冒險者們。

「看來這也有需要緊急處理？」

「因為是讓單身者和冒險者優先赴任，所以再過一陣子就沒問題了。而且我們也能在室內過夜。」

「這件事我會轉達羅德里希。此外也需要能肢解魔物的地方……」

從冒險者那裡收購的獵物，好像都是先裝在魔法袋裡，再送到布雷希柏格分部或總部。要是能先在這裡肢解，就能提升運輸效率，同時也能提供非冒險者的移民們工作機會。

「不過如果造得不夠穩固，會有危險。」

「到頭來還是要優先建設村落啊……」

肢解魔物時流的血與廢棄的殘骸會吸引狼和熊，所以非常危險。如果要打造能夠應付這些問題的設備，果然還是會很花時間。

「羅德里希先生一定會擬定很厲害的計畫。」

雖然伊娜說得沒錯，但那計畫絕大部分應該都得由我執行……現在還是先忘了這件事吧。

「威爾大人，今天就把心思放在狩獵上吧。」

「沒錯，我們今天的目標是狩獵啊。」

在薇爾瑪和露易絲的催促下，我們離開公會分部的小屋，然後終於要開始在魔之森狩獵了。

「這裡能採到很多有趣的東西。」

因為我至今都以土木工程為優先，已經很久沒來魔之森了。這裡除了稀有的魔物和水果外，還能採到許多美味又值錢的東西。

「之前將狩獵和採集所得的利益交給赫爾曼哥哥時，他非常高興呢。」

雖然那是這座魔之森還屬於鮑麥斯特騎士領地時的事情，但赫爾曼哥哥曾為此向我道謝，說這樣暫時就不必擔心開發資金的問題。

「來這裡的冒險者，一定都是想要快速致富吧。」

只要將魔物的素材拿去王都競標，就能賣到高價，水果也能賣給主要客群是有錢人的食品店或點心店，即使價格昂貴，那些東西似乎還是非常暢銷。

「不過也有些東西不曉得該怎麼用呢。幸好威爾有設法解決。」

這指的是可可豆的果實，如果不知道加工方法，那的確只是普通的果實和種子。

「熱可可和巧克力雖然貴，但很美味呢……」

我將作法傳授給艾戴里歐先生後，他就找了一些口風緊的點心師傅開始製造。不過熱可可和巧克力的其中一樣原料——牛奶原本就是高級品，所以成品非常昂貴。

儘管知道大概的作法，但外行人的我應該也做不出什麼好東西。基於這樣的想法，我決定將一切都交給專業的點心師傅，他們在經歷了幾次失敗後，做出了很棒的成品。

拜此之賜，我能夠免費從艾戴里歐先生那裡取得在王都要價昂貴的熱可可和巧克力。這尤其讓女性成員感到非常高興。

「因為伊娜真的很喜歡巧克力呢。雖然我有時候也會吃過頭。」

「熱可可也很好喝呢。」

「巧克力好好吃。」

無論在哪個世界，女孩子們好像都喜歡甜食。

作為攜帶糧食，我們隊伍的女性成員們也開始會將熱可可和巧克力帶在身上。

為了維護品質，這些東西都被裝在魔法袋裡嚴格保管。

「威爾，我們去採可可豆的果實吧。」

「因為需求量很高，所以這主意不錯。就採用露易絲的意見吧。」

「嗯，這麼做是正確的。畢竟冒險者就是要有效率地賺錢。」

在我們和公會職員對話的期間，布蘭塔克先生好像已經去看過布告欄了，因為存貨不足，所以艾戴里歐先生似乎提出了將高價收購所有可可豆的委託。

「如果是這些成員，採集的時候也很安全。」

當然在採集時還是會被魔物襲擊，但就是要有辦法應付這種狀況，才能被稱做冒險者。

如果無法反過來打倒襲擊自己的魔物當成收益，就無法成為優秀的冒險者。

「之前有布蘭塔克先生在，今天則是連威爾也在，這讓人覺得很可靠呢。」

隊伍裡有沒有實力堅強的魔法師，會對冒險者狩獵的效率產生極大的影響。

在安全性方面更是不用說。

「那艾爾他們就是這裡的頂尖隊伍囉？」

「姑且算是。但主要是託布蘭塔克先生的福。」

布蘭塔克先生原本就是超一流的冒險者。他不只魔法，就連經驗也非常豐富，所以只要有他在，就能大幅提升狩獵的效率。

「我身為一個冒險者還不夠成熟，所以別太期待我。」

「哎呀，看來屠龍英雄先生意外地謙虛呢。」

「是誰？」

因為對話突然被人打斷，我的語氣不自覺地變得有點粗暴。

不對。其實我是在詛咒自己的大意，居然讓對方接近到這麼近的地方。

我看向聲音的方向，發現那裡站了一名年輕女性。

「我叫卡特琳娜・琳達・馮・威格爾。只是想跟各位打個招呼。」

「布蘭塔克先生？」

「居然能將魔力壓抑到這種程度……雖然只要一用魔法就會被發現……」

布蘭塔克先生似乎也沒察覺到她靠近。看起來和我一樣有點悔恨。

「因為是在狩獵之前，所以我讓魔力暫時休眠。關於布蘭塔克大人，我也是久仰大名。」

「那真是光榮。」

她果然是個魔法師，而且本領相當高強。

年齡約十八歲的她，讓長及腰際的紫色捲髮直接垂下，看起來就像以前的少女漫畫會出現的大小姐角色，頭上還戴著鑲了許多淡藍色寶石的髮箍。

「雖然看起來像寶石，但那是魔晶石……」

也就是為了預防魔力耗盡所準備的裝備。

她的手指上，也戴了鑲著複數魔晶石的戒指。

看起來是訂做的紅色皮革洋裝，繩子的部分和裙子的荷葉邊都是以白布製成。

雖然猛一看會讓人覺得這副打扮不適合冒險者，但根據我的分析，由於素材是使用龍的皮和胎毛，所以應該是一件物理防禦力和魔法防禦力都非常優秀的上等裝備。

當然要價應該也是高到讓人嚇一跳，但這表示她就是賺得到這麼多錢的一流魔法師。

再加上同樣以龍皮製成的深褐色長靴，以及她手上那支長約兩公尺的法杖。

儘管打扮得非常誇張，但她的實力應該是貨真價實。必須稍微警戒一點才行。

那麼，這麼厲害的人找我到底有什麼事呢？

「（威德林大人，那位小姐的披風……）」

艾莉絲指出的訊息，讓我的思考有了結論。

明明名字聽起來像貴族，但她不知為何穿著披風。

正常的貴族，不可能穿著披風出現在這種地方。

因為只有王族或伯爵家以上的當家，王國軍將官以上的階級，以及內閣官員被允許在正式場合穿著披風。我在成為伯爵時，也獲賜了一件披風，但因為現在的身分是冒險者，所以沒有穿在身上。

「（威德林大人，這位小姐……）」

「（原來如此……）」

在艾莉絲說完之前，我就已經發現了。

明明沒獲得正式的認可卻穿著披風，不是不會察言觀色又極度愛出風頭的傢伙，就是想出名的沒落貴族。

因為真正的貴族，根本不會在沒被認可的情況下穿戴披風。

「哎呀，我是不是讓各位對我有所警戒了？」

無視我們這邊的想法，女魔法師挺著豐滿的胸部向我們搭話。

沒落貴族對突然竄起的貴族不可能有好印象。感覺又要被捲入麻煩的我，在心裡嘆了口氣。

卷末附錄　美乃滋與阿姆斯壯伯爵家

這件事，是發生在威爾與我們被以留學之名困在王都的時候。

那天我也一樣在王城內的訓練所接受瓦倫大人的劍術指導。

課程結束後，我和同樣接受槍術指導的伊娜一起回家，發現威爾又在製作奇怪的調味料。

「美乃滋最棒了！不過也不能忘記其他衍生的夥伴！」

看來他已經結束今天和導師的特訓，正在家裡的廚房努力製作一種叫「美乃滋」的調味料。

工作臺的上面有一個大碗浮在空中，裡面有個發泡器正在高速攪拌素材。

雖然這個叫美乃滋的調味料美味到令人震驚，但製作起來意外地費工夫。因為威爾之前說「艾爾，這有助於鍛鍊手臂喔」，所以我也幫忙做了一堆，但就連每天鍛鍊劍術的我，之後都難免肌肉痠痛。

「你還真有毅力。」

「我說啊，威爾自己用魔法攪拌就行了吧？」

「其實今天和導師的特訓太嚴格，害我的魔力不足。」

雖然我覺得隔天再做也行，但我更想說：「那就別讓我做這麼多啊！」

浮在空中的碗裡裝了混合均勻的蛋黃、醋、鹽和胡椒，接下來要一點一點地加油進去，然後有耐心地攪拌。

大碗、裝油的容器和發泡器都因為魔法而浮在空中，雖然已經習慣了，但這樣的場景對無法使用魔法的我來說還是很不可思議。簡直就像是有個透明人在用發泡器攪拌一樣。

按照威爾的說法，能夠不必碰觸，就直接自在地移動對象物的「念動」魔法，似乎只算是基礎的魔法。

我想起以前曾在商業區的廣場，看過有初級程度的魔法師靠「念動」魔法表演魔術，藉此向路人們賺取觀賞費。

雖然是很容易就能看出手法的魔術，但因為魔法師本身就很少見，所以還是收到了比想像中還要多的觀賞費。

威爾則是抱怨「給我正常地表演魔術啦」，並且連一枚銅幣都不願意給。

「美乃滋只要一大意就會失敗。總之必須不厭其煩地攪拌。」

「喔……」

按照威爾的說法，美乃滋似乎是「辛苦過後的極樂」。

這我也實際感受過。

雖然大部分的成果，都被沒什麼在幫忙的露易絲給吃掉了。

「露易絲，妳也來幫忙啦。」

「我覺得美乃滋是男人的工作。」

「哪有這種事情！那妳就少吃一點啊！」

「如果我不多吃一點，會無法成長。」

和同齡的女孩相比，露易絲的體型嬌小到遠低於平均值。

明明已經快滿十四歲，但總是被第一次見面的人誤以為未滿十歲。

雖然她總是主張要盡可能多吃一點才能趕快成長，但至少目前還看不出任何成果。

美乃滋對成長有幫助嗎？不如說，露易絲會成長嗎？

雖然我不是沒這麼想過，但最後還是沒告訴本人，因為被打會很痛。

「祈禱跟威爾買食譜的商會能盡快做成商品販賣。」

現在似乎正在緊急建造能用魔法道具進行攪拌作業的工房。

等那些工房開始運作後，威爾每個月都能從那個商會獲得一定分量的美乃滋。

「除了我以外，還有另一個人的美乃滋消耗量也很大。」

「嗯，我覺得那個人多半是上癮了。」

還有另一個人也異常地喜歡美乃滋。

「這和烤肉、單純洗過的蔬菜、白飯和麵包都很搭！鮑麥斯特男爵！請給在下更多的美乃滋！」

自從威爾和露易絲在修行中的午餐時間，請導師吃過沾了美乃滋的烤鹿肉後，他就變得吃什麼都要沾美乃滋。

威爾稱他為「美乃滋狂」，而我也隱約能理解這個綽號是什麼意思。

不過因為導師笨拙到令人絕望的程度，如果讓他自己做，大部分的材料都會被浪費掉，所以他之後就變得會定期來家裡拿美乃滋。

在這樣的背景下，威爾偶爾會為了導師製作美乃滋。

不過他今天似乎挑戰了新的美乃滋。

「衍生型？威爾，那是什麼意思？」

「我要在美乃滋上多下一點工夫，通往更進一步的極樂。」

雖然威爾回答了伊娜的問題，但她看起來一臉納悶。其實我也聽不太懂。

「很好，美乃滋的同伴們完成了！」

除了之前取得的山葵以外，威爾還分別挑戰了在美乃滋裡摻黃芥末醬、味噌和柚子的版本。

不過他最推薦的，好像還是加了咖哩粉的美乃滋。

「你還真會想呢。」

「因為人不吃東西就會無法存活。」

反正都是要吃東西，不享受一下就太吃虧了。威爾難得說出這種有哲理的話。

因為是食物的話題，所以其實和哲學無關，但隱約還是有一點這種感覺。

「那麼，你打算讓導師試吃這些新作順便做實驗嗎？」

「當然，他已經在試吃了。」

我還在想導師怎麼沒在廚房裡，原來他已經在艾莉絲的協助下開始試吃了。

此外，威爾似乎沒有否定實驗的部分。

反正又不是藥品，即使難吃也不會有生命危險，就導師的情況來說，就算有點毒也絕對吃不死。

在客廳的桌上，放了一大盤的炸雞塊，導師正沾著美乃滋不斷將炸雞塊送進嘴裡。

「唔嗯！」

「真虧他不會感到胃不舒服……」

雖然我和伊娜也喜歡威爾想出的炸雞塊，但一個人一次吃好幾公斤還是讓人不敢恭維。

「黃芥末美乃滋，吃起來有點嗆辣味……山葵美乃滋，有種和黃芥末不同的平靜辣味……味噌和柚子美乃滋，這也是個爽口的好點子。然後最棒的是……」

導師好像最喜歡加了咖哩粉的美乃滋。

他大量加在還剩下幾公斤的炸雞塊上，大口大口地享用。

「這樣不會得富貴病嗎？」

富貴病是貴族或有錢人中年以後經常罹患的疾病，是一種隨著症狀變嚴重，手腳會開始長出壞疽或甚至失明的恐怖疾病。

不過同時也是一種和普通平民與我這種貧窮貴族無緣的疾病。

「之前的咖哩飯也很棒，咖哩粉真是個好東西！這個也請多讓一點給在下！當然也別忘了各種美乃滋！」

導師語氣強硬地拜託威爾。

「我沒那麼多咖哩粉啊……」

這個咖哩粉也是威爾放假時窩在廚房裡，自己調製的奇妙黃色粉末，聽說這不是什麼危險的藥。

那股獨特的香味和辣味，也為我們帶來了強大的衝擊。

雖然他還以這個為基礎，想出了類似燉飯的料理咖哩飯，但這個咖哩粉有個很大的弱點。

「辛香料好貴！算過材料價格後，得到了驚人的數字！」

由於大多是只有在南方栽種的辛香料，以及作為藥物流通的材料，因此如果要在王都購買，價格無論如何都會變得很高。

「當然就算價格昂貴，也還是有利可圖。男爵大人，請把食譜賣給我！」

靠威爾的點子賺錢的艾戴里歐先生，開始將「咖哩粉」當成高級品販賣。

再來就是經營專門販賣使用咖哩粉的套餐料理的高級餐廳。

一人份要一百分，一開始是使用咖哩粉的肉類料理，最後是咖哩飯。

雖然不至於連沙拉和甜點都使用咖哩粉，但那間店似乎每天都生意興隆。

「咖哩粉有讓人欲罷不能的特性！」

「那真的不是什麼危險的藥嗎？」

「雖然沒有這方面的違法性，但只要聞到咖哩粉的味道，就會想再去吃吧？」

的確，那間店似乎有許多常客。

儘管價格昂貴，但外帶用的咖哩粉還是十分暢銷。

當然，威爾也因此大賺一筆。

坦白講，我實在不曉得他賺那麼多錢要花在哪裡。

「是要買昂貴的魔杖嗎？」

我只要有空，就會去武器店找好劍。

畢竟對劍士來說，好劍就等於是寄託著自己的性命，接近分身的東西。

雖然想獲得一把好劍，需要花費很多時間與工夫，但因為是要當成自己的分身使用一輩子的東西，所以也不能偷工減料。

「咦？可是我記得威爾……」

我現在才突然想起一件事。

無論是在廚房裡用魔法做美乃滋，還是在與導師修行的時候，我都沒看過他使用魔杖。

說到魔法師，就會讓人想到長袍與魔杖。

導師平常也穿著紫色的長袍，配備與外表相對應的堅固魔杖。

紫色從以前開始，就被赫爾穆特王國視為高貴的顏色，在侍奉王宮的魔導師中，也只有身為首席導師有資格穿紫色的長袍。

按照規定，實習生或低階者是穿藍色的長袍，上級者則是紅色。

平常本來就沒那麼容易見到魔法師，而侍奉王宮的魔導師，人數又更為稀少。我也是在王城看見並詢問威爾長袍顏色不同的理由時，才首次聽說這件事情。

「我好像從來沒看過威爾使用魔杖……」

作為遺產，威爾明明從師傅那裡繼承了許多魔杖，但他平常完全沒有使用的跡象。

「我怎麼了？」

「我剛才突然想到。威爾為什麼都不用魔杖？」

「喔，魔杖啊……」

按照威爾的說法，就他的情況而言，魔杖與魔法的威力似乎沒有關係。

不過即使如此，倒也不是完全不需要魔杖。

「因為那在練習新魔法時，是必要的道具。師傅留給我的那支用火龍的鬍鬚搭配祕銀製作的魔杖，能夠提升學習新魔法的速度。至於另一把用不死鳥的尾巴和水龍的玻璃體製作的魔杖……」

「那支魔杖有什麼用？」

「在謁見大人物時，會顯得很體面。」

想取得不死鳥或水龍等接近傳說的材料非常困難。因此只要拿著用那些東西製成的魔杖出席正式場合，就能讓大家瞬間看出自己是個超一流的魔法師。

「練習魔法用和典禮用啊。」

說到魔法師就會想到魔杖的我，從威爾那裡得知驚人的事實。

「是這樣沒錯，畢竟沒什麼實力的魔法師，也不可能獲得高級的魔杖。」

「這麼說也有道理。」

即使如此，將昂貴的魔杖當成練習用和典禮用啊……雖然沒實力的魔法師，也的確無法取得那麼昂貴的魔杖。

「不，並非所有的魔法師都是如此！」

此時來拿追加的炸雞塊和美乃滋的導師走進廚房。

話說他還想繼續吃啊。

他的雙手端著變空的大盤子。

「除非擁有上級以上的魔力，否則魔法的威力會減弱！」

關於威力和使用魔力的效率，如果沒有魔杖，威力似乎會減弱兩成到五成。

雖然每個人減弱的比例都不同，但不知為何，只要魔力的保有量抵達上級，就算沒有魔杖，威力也不會減弱。

「中級偏上的魔力量和上級偏下的魔力量，雖然這之間的界線好像很難判斷，但實際上非常簡單！」

即使不用魔杖，威力也不會減弱。這就是明確的界線。

「換句話說，布蘭塔克先生……」

「因為是上級偏下，所以即使不用魔杖，魔法的威力也不會減弱！」

不過在學習新魔法時，果然還是需要魔杖。

而且布蘭塔克先生不僅年長，還是布雷希洛德藩侯家的專屬魔法師。所以經常必須和大人物見面的他，也有很多套昂貴的長袍和魔杖。

對魔法師來說，昂貴的長袍和魔杖，不僅能像貴族的禮服那樣拿來參加婚喪喜慶和宴會，作為裝備也無可挑剔，所以泛用性非常高。

「順帶一提，我是中級偏上。」

在廚房和艾莉絲一起幫導師炸追加的炸雞塊的露易絲，朝我秀出左手無名指上的閃亮戒指。

「露易絲姑娘的魔力主要是用在格鬥上，所以用那枚戒指代替魔杖！」

因為魔杖要花一隻手拿，以露易絲的戰鬥方式來說，那樣效率實在太差。

於是威爾將一枚戒指當成訂婚戒指送給露易絲。

「魔法師的魔杖，也是一種魔法道具！只要掌握了基本，就算沒有魔杖也沒關係！」

不管是其他飾品、武器、防具還是生活用品都無所謂。

只要掌握基本作法，不管什麼都能拿來代替魔杖。

「喔，我都不知道呢。」

「因為魔法師的世界很小，所以這也是無可奈何！」

除了人數稀少以外，不會使用魔法的人也不會特地去調查魔杖的事情。

出席正式場合的魔法師都會正常地攜帶魔杖，所以一般根本不會想到愈是上級者，就愈容易拿昂貴的魔杖來充場面。

不只是我，大家應該都這麼想。

「不過導師有拿魔杖吧？」

和威爾一起在廚房做咖哩粉美乃滋的伊娜，針對導師那把巨大魔杖提出疑問。

導師的魔杖長約兩公尺，是用他冒險者時期蒐集的祕銀打造而成的純祕銀魔杖。

那把魔杖前端的形狀像是鈍器，裡面還裝了一顆直徑約五十公分的魔晶石。

雖然感覺直接用就能打死人，但在注入導師的魔力後，就會變成一支巨大的鐵鎚。

據威爾所言，即使是在魔法師裡，也很少有人會使用那種將魔力物質化的魔法。

要是很多人都會用魔法做出那種一擊就能打死人的巨大鐵鎚，那也很令人困擾。

「考慮到在下的戰鬥方式，這個魔杖最有效率！」

此外裝在上面的巨大魔晶石，也當成導師魔力用盡時的補給來源。

威爾平常也會將多餘的魔力存進預備的魔晶石，保存在魔法袋裡。

「導師的情況，有一部分是為了用魔杖來鍛鍊身體。」

根據修練魔鬥流的露易絲的說明，導師因為總是隨身帶著那支巨大又沉重的魔杖，所以移動時自然就能順便鍛鍊身體。

「所以他會定期更換拿魔杖的手。」

「露易絲姑娘果然發現了！」

「對魔法師來說，身體也是基本嗎？」

「雖然艾爾文少年說得也沒錯，但鍛鍊身體，也可以說是阿姆斯壯家的傳統！」

導師的老家阿姆斯壯伯爵家，是歷史悠久的軍系名譽伯爵家，一族的男子代代身高都超過兩公尺，即使沒有特別鍛鍊，身上也會充滿肌肉。再加上代代相傳的獨特鍛鍊法，就變成像導師這個樣子。

我之前曾經在城裡見過導師的哥哥一次。

他要是走在街上，流氓和小混混應該都會嚇得偷偷逃跑。

「不過我記得導師的劍術……」

他當初在武藝大會預賽的第四戰就落敗，感覺以軍人世家來說，這成果似乎不太理想。

「在下的家族，原本就不擅長劍術。」

相對地，他們似乎擅長用得天獨厚的肉體與力量，直接將對方撲殺的戰鬥方式。

「直接打死嗎？」

「沒錯！在下的老家阿姆斯壯家，代代傳承了一把由奧利哈鋼製成的『六角棒』！」

每一代的阿姆斯壯伯爵都會和同族的男子，用鋼做成的棍棒打斷敵人的劍，或是毆打敵人的頭部殺掉對方，這樣的戰鬥方式從以前開始就非常有名。

「那是大約三百年前，王國還在和阿卡特神聖帝國戰爭時的事情！」

當時兩軍展開激烈的衝突，雖然國王命令暫居劣勢的赫爾穆特王國軍暫時撤退，但這麼做同時也會產生被追擊的危險。

就在這時候，當代的阿姆斯壯伯爵，自願為王國軍殿後。

「祖先大人揮舞得意的鋼棍，在殺死超過百名的敵軍後終於……」

據說那位阿姆斯壯伯爵後來被敵軍團團包圍，最後光榮戰死。

「陣亡了啊……」

「對阿姆斯壯伯爵家來說，在那種狀況戰死是一種名譽！」

也因為阿姆斯壯伯爵的犧牲，王國軍最後成功平安撤退。

關於那場戰役，王國軍之後反擊成功，並因此得以在有利的條件下談和。

「兩邊談和了啊。咦？可是……」

明明談和了，但感覺之後戰爭又持續了一百多年……

「因為就當時的狀況來說，即使在戰爭後議和，過不久還是會有一邊出兵，被攻擊的一方也會整兵再戰。」

長期的停戰似乎一直難以實現。我也覺得戰爭真的是一種罪孽深重的東西。

然後在那場談和的會場上，當時的阿卡特神聖帝國皇帝因為敬佩身為敵人的祖先大人的奮鬥，將頭縫回屍體歸還給王國。

「將頭縫回去啊……」

「畢竟是戰爭，將首級帶回去領賞是常識。這也是無可奈何的事情！」

當然，針對甚至獲得敵人讚賞的阿姆斯壯伯爵，王國這邊也賞賜了許多獎勵和新的武器。

「王家將傳承歷史已經不可考的『六角棒』，賜給了後來繼承家門的新阿姆斯壯伯爵！」

那個六角棒長兩公尺，厚八公分，素材全都是使用奧利哈鋼。

新阿姆斯壯伯爵在獲頒六角棒後，也用這支武器在戰場上大為活躍。

他先用六角棒用力打斷敵兵或貴族指揮官的劍，然後直接撲殺驚慌的對手。

阿卡特神聖帝國的貴族們，都害怕地將阿姆斯壯伯爵稱做「撲殺魔」。

即使換人繼承，身高超過兩公尺的肌肉巨人依然會持續撲殺我方的軍人和貴族，所以會有這種稱號也是理所當然。

然後那根六角棒，就成了代代阿姆斯壯伯爵家當家的專用武器。

「還有這個髮型也是。」

導師的髮型非常奇特。

用剃刀將頭周圍的頭髮剃乾淨，只在頭頂留下一個三角形的區塊，讓看起來很硬的捲髮朝上生長。

如果要舉例，那看起來就跟後來在探索魔之森時發現的一種叫鳳梨的水果，蒂頭的部分一模一樣。

「三百年前戰死的祖先大人，也是留這種髮型！」

之所以留這種髮型，好像是為了讓在戰場上砍下自己頭顱的敵人，帶回去時比較好拿，正因為很可能遇到這種結局，所以這也代表阿姆斯壯伯爵家當家的覺悟。

之後阿姆斯壯家的所有男子，都必須留這個髮型，導師也是現任當家的次男，所以從小就是這種髮型。

「該怎麼說……真是驚人的故事。」

「話雖如此，這兩百年來都沒有發生戰爭。家傳的六角棒，也完全沒吸到敵軍的血。儘管父親和兄長都沒有疏於準備，但實際上還是沒有發揮的機會！」

導師對此是感到慶幸？還是感到嘆息呢？

至少我是不想看見在戰場上揮舞沾滿鮮血的六角棒，撲殺敵軍的肌肉壯漢。

Kadokawa Light Novels

問題兒童的最終考驗 1 待續

Kadokawa Fantastic Novels

作者：竜ノ湖太郎　插畫：ももこ

箱庭神魔遊戲再臨☆
問題兒童的繼承者登場!!

少年西鄉焰收到一封郵件。打開那封郵件的瞬間，他被召喚到了異世界！那是個受到神魔之遊戲——「恩賜遊戲」支配的世界。他將和同時被召喚到異世界的彩里鈴華、久藤彩鳥，以及闊別五年的逆迴十六夜一起挑戰這場甚至波及現實世界的修羅神佛之遊戲！

台灣角川

NT$180/HK$55

Kadokawa Light Novels

我被召喚到魔界成為家庭教師!? 1 待續

Kadokawa Fantastic Novels

作者：鷲宮だいじん　插畫：Nardack

美女學生竟是妖怪（蜘蛛女etc.）!?
史上最衰的家庭教師登場！

身為普通人類的我突然被召喚到魔界後，才發現被那個混帳勇者出賣了，我居然得擔任魔王之女的家庭教師!?首要任務是兩週後於人界舉辦的舞會中，讓嬌縱任性的三公主蜘蛛女莎菲爾順利完成初次亮相。若有差錯，魔界與人界就會引發大戰！

NT$220/HK$68

台灣角川

Kadokawa Light Novels

記錄的地平線外傳

作者：山本ヤマネ　插畫：平沢下戸

Kadokawa Fantastic Novels

克拉斯提原本的得力部下，
「突擊巫女」櫛八玉大顯身手！

〈大災難〉將玩家封鎖在遊戲世界之後，來不及從遊戲退休的90級「突擊巫女」櫛八玉、櫛八玉的好友「麻煩妹」八枝櫻、八枝櫻的男友勇太、不良少年達魯塔斯等個性迥異的「初學者集團」，將以秋葉原為目的地，展開一場摸索與奮鬥的大冒險！

台灣角川

NT$250/HK$75

國家圖書館出版品預行編目(CIP)資料

八男?別鬧了! / Y.A作 ; 李文軒譯. -- 初版. -- 臺北市 : 臺灣角川, 2016.04-
冊 ; 公分
譯自 : 八男って、それはないでしょう!
ISBN 978-986-473-065-0(第4冊 : 平裝). --
ISBN 978-986-473-066-7(第5冊 : 平裝)

861.57 105003273

Kadokawa Fantastic Novels

八男？別鬧了！ 5

（原著名：八男って、それはないでしょう! 5）

2016年9月5日　初版第1刷發行

作　者：Y・A
插　畫：藤ちょこ
譯　者：李文軒

發行人：成田聖
總編輯：蔡佩芬
主　編：吳欣怡
文字編輯：黎夢萍
資深設計指導：黃珮君
美術設計：黃永漢
印　務：李明修（主任）、張加恩、黎宇凡、潘尚琪

發行所：台灣角川股份有限公司
地　址：105台北市光復北路11巷44號5樓
電　話：（02）2747-2433
傳　真：（02）2747-2558
網　址：http://www.kadokawa.com.tw
劃撥帳戶：台灣角川股份有限公司
劃撥帳號：19487412
法律顧問：寰瀛法律事務所
製　版：巨茂科技印刷有限公司
ISBN：978-986-473-066-7
香港代理：香港角川有限公司
地　址：香港新界葵涌興芳路223號新都會廣場第2座17樓1701-02A室
電　話：（852）3653-2888